JN072338

悪役令嬢は隣国の王太子に溺愛される10

ぷにちゃん

B's-LOG BUNKO

ビーズログ文庫

イラスト／成瀬あけの

Table of Contents

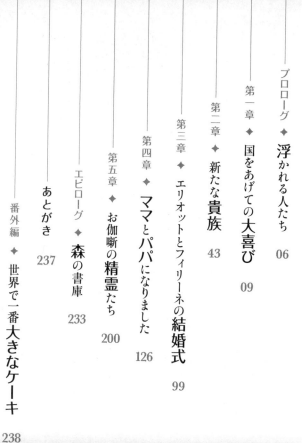

続編メイン攻略対象
アクアスティード・マリンフォレスト
留学中、ティアラを見初めた隣国マリンフォレストの国王。
ルチアローズ
ティアラとアクアの第一子。
悪役令嬢
ティアラローズ・ラピス・マリンフォレスト
アクアスティードに溺愛されている、元・ラピスラズリ王国のラピス侯爵家令嬢。
悪役令嬢は隣国の王太子に溺愛される
10
Characters

初代ヒロイン
アカリ
乙女ゲーム「ラピスラズリの指輪」
のヒロイン（プレイヤー）。

ダレル・ラピス・
クラメンティール
ティアラローズの義弟。
希少な治癒魔法の使い手。

フィリーネ・サンフィスト
サンフィスト男爵家令嬢。
ティアラローズの忠実な侍女。

続編攻略対象
エリオット
アクアスティードの優秀な側近。
真面目で誠実。

プロローグ　浮かれる人たち

陽気で明るい楽器の音と、そのリズムに合わせて踊《おど》る踊り子。その周囲には人だかりができており、とても賑《にぎ》やかだ。

祭りを楽しむ人々の手にはお酒や食べ物があり、「今日は羽目を外して祝おう！」と大いに盛り上がりを見せている。

好きに食べて飲んで、そして盛り上がっている話の内容はどこも共通したものだった。

それは、「ご懐妊《かいにん》、めでたい!!」――この一言につきる。

「でもまさか、こんな突然《とつぜん》発表されるとは思わなかったな」

「いったいどんな嬉《うれ》しい発表かしらって考えてたけど、想像以上だったわ！」

「俺《おれ》は最前列でアクアスティード陛下《へいか》とティアラローズ様を見ていたんだぜ！　いやあ、王子でも姫《ひめ》でも、どちらにせよ美男美女は間違《まちが》いない!!」

そう、祭りで盛大《せいだい》に祝っているのはティアラローズの懐妊《かいにん》だ。

ラピスラズリ王国から嫁《とつ》いできて数年、そろそろお世継《よつ》ぎが誕生するのでは？　そう望む声も多かった。

「早く生まれねえかなぁ」

マリンフォレストの国民は口々にそう言って、赤ちゃんが生まれるのを楽しみにしてくれている。

場所を移し、ラピスラズリ王国、ティアラローズの実家でも同じことが起きていた。

「早くマリンフォレストへ行く日程を決めなくてはっ！」

「落ち着いてくださいませ、シュナウス様」

ティアラローズの父親がいつ赤ちゃん――孫が生まれるのかとそわそわし、まだまだ先ですよと妻が諭《さと》す。

「それより、出産祝いのぬいぐるみの発注をしなければ……」

「それは昨日したではありませんか」

「ぬいぐるみなら、いくつあってもいいではないかっ！」

「…………」

夫のはしゃぎっぷりに、イルティアーナは頭を抱《かか》えたくなってしまう。

今からこれでは、孫が生まれたらどうなってしまうのだろうか……。

「せめて、ティアラに迷惑《めいわく》がかからないようにしないと……」

そう思いながら、イルティアーナはダレルと一緒《いっしょ》にマリンフォレストへ向かう準備を始めた。

第一章　国をあげての大喜び

マリンフォレストでは季節が春から夏となり、暑い日が多くなってきた。

王城の庭園では森の妖精《ようせい》たちが楽しそうに植物の世話をし、噴水《ふんすい》から顔を出した海の妖精が水をまき、空の妖精はベンチにいるティアラローズとフィリーネに涼《すず》しげな風を送ってくれている。

その様はとても和《なご》やかで、見ているだけで心が落ち着く。

「妖精たちはみんな元気ね。暑くないのかしら？」

自分なんて、日影《ひかげ》がなければ溶《と》けてしまいそうなのに……。そんなことを考えてしまうのは、気合が足りないからだろうか。

とはいえ、この暑さはどうすることもできないけれど。

妖精たちに愛されている、ティアラローズ・ラピス・マリンフォレスト。

ふわりとしたハニーピンクのロングヘアに、水色の瞳《ひとみ》。可愛《かわい》らしい顔立ちで、国王である夫から溺愛《できあい》されているマリンフォレストの王妃《おうひ》。

妊娠《にんしん》六ヶ月に入り、お腹《なか》のふくらみがわかるようになってきている。

幸せいっぱいに暮らしているティアラローズだが、実はこのゲーム――『ラピスラズリの指輪』の悪役令嬢《れいじょう》だ。

ゲームをプレイしていた、前世の日本人の記憶《きおく》を持つ。

最初こそ悪役令嬢ということを不安に思っていた。しかし夫のアクアスティードはそれを受け入れ、ティアラローズを愛し続けてくれているため幸せも最高潮だ。

暑さでとろけてしまいそうなティアラローズに、フィリーネも同意する。

「妖精たちは気温をあまり感じないのでしょうか？」

「それは……ちょっと羨《うらや》ましいかもしれないわね」

隣《となり》に座《すわ》っていたフィリーネの言葉を聞き、ティアラローズは妖精たちを見つめる。

「冬は着こめばいいですが、夏はどうしようもないですものね。ティアラローズ様、何かあればすぐにおっしゃってくださいませ」

「ええ。ありがとう、フィリーネ」

不便はかけないと意気込《いきご》んでいるのは、侍女《じじょ》のフィリーネ・サンフィスト。

黄緑色の髪《かみ》を一つにまとめ、上品なロングドレスの侍女服に身を包んでいる。

ティアラローズが幼いころから仕えており、姉妹《しまい》のように育った信頼《しんらい》できる人物。ラピスラズリから嫁《とつ》ぐ際に、一緒《いっしょ》にマリンフォレストへ来てくれた。


妖精たちを見ていたフィリーネが、「そろそろ部屋に戻《もど》りませんか？」とティアラローズに声をかける。

「もう？　わたくしはまだ大丈夫《だいじょうぶ》だけれど……」

妊娠してからは部屋にいることが多いので、もう少し外でゆっくりしたい。そう思ったのだが、フィリーネが首を振《ふ》った。

「あまり長い時間お外にいますと、アクアスティード陛下《へいか》が心配されますから。お庭を一周して戻るのはいかがですか？」

「……そうね。アクア様が心配すると大変だもの」

フィリーネの言葉に、ティアラローズはくすりと笑う。

彼《かれ》はティアラローズが妊娠してから、仕事をしたり運動しようとすると心配そうに注意してくる。本当に動いて大丈夫なのか？　と。

最近、アクアスティードの口癖《くちぐせ》は「休んでいた方が……」になってしまっているような気さえするほどだ。

とはいえ、じっとしているだけでは逆に体に悪い。

今は悪阻《つわり》も酷《ひど》くないため、医師からも適度な散歩はした方がいいと言われている。なので、あまり過保護になられると無下にもできず困ってしまったり。

──心配してくれるのは、とても嬉《うれ》しいけれど。

でもきっと、これは贅沢《ぜいたく》な悩《なや》みなのだろうなと思う。ティアラローズは自分のお腹を撫《な》でて、ベンチから立ち上がる。

「それじゃあ、少しお散歩してお部屋に戻りましょうね」

お腹にいる赤ちゃんに、こうして話しかけることも増えた。

最初は少し恥《は》ずかしかったけれど、今では気にならない。

というか、フィリーネをはじめ、アクアスティードやオリヴィア、妖精たちもお腹の赤ちゃんに声をかけてくれるからだ。

この子は愛されている──そんなことを考えていると、「ティアラ」と自分を呼ぶ優《やさ》しい声が耳に届く。

手入れされた薔薇《ばら》の道を歩いてこちらに向かっている、優しい旦那《だんな》様が視界に入った。

「アクア様！」

「少し休憩《きゅうけい》しようと思ってね。ティアラ、体調はどう？」

「問題ありません。わたくしも赤ちゃんも、とっても元気です」

ティアラローズの返事を聞き、アクアスティードは嬉しそうに微笑《ほほえ》む。

最近とても心配性《しょう》になっている、アクアスティード・マリンフォレスト。

ここマリンフォレストの国王であり、ティアラローズの大切な旦那様だ。

ダークブルーの髪に、王の証《あかし》である金色の瞳。美しく整った顔立ちで、いつもティアラローズに優しい笑《え》みを向けている。

前世の乙女《おとめ》ゲームのこともティアラローズから聞いており、すべてを受け入れてくれている。


「散歩をしていたの？」

「はい。妖精たちがみんなで植物のお世話をしてくれていたので、休憩しながら見ていたんです」

だから実はそれほど歩いてはいないのだと、ティアラローズは苦笑《くしょう》する。

「最近は妖精たちが王城に来る機会が増えたね。やっぱり、この子に祝福を贈《おく》ってくれたからかな？」

「そうかもしれませんね。みんな、お腹の赤ちゃんに話しかけてくれますから」

マリンフォレストには、森、空、海の妖精とその王がいる。

気に入った相手に祝福を与《あた》え、その力の一部を授《さず》けてくれるのだ。

「……私たちの子どもは愛されすぎて、逆に心配になる」

「誰《だれ》も取ったりはしませんよ？」

アクアスティードは生まれてくる子どもが自分より妖精たちに懐《なつ》いたら……という不安があるようだ。

公務が忙《いそが》しく、日中はなかなか時間をとることも難しい。ただ、誰よりも愛情を注ぐ自信はあるが。

「わかっているよ。でも、ティアラとお腹の子どもに対して独占欲が強くなるのはどうしようもない」

「わたくしもこの子も、アクア様のことが大好きですよ？」

だから安心してくださいねと、ティアラローズは微笑む。

さらりとそう言われて、敵《かな》わないなとアクアスティードも笑みを浮《う》かべる。

「……では、お姫《ひめ》様。しばし庭園をエスコートさせていただけませんか？」

アクアスティードが腰《こし》をかがめて腕《うで》を差し出してくれたので、ティアラローズは手を差し出して頷《うなず》いた。

「喜んで」

のんびり庭園を歩いていると、偶然《ぐうぜん》シリウスに出会った。

「あ、ティアラ姉様！」

「シリウス王子。こんなところで会うなんて奇遇《きぐう》ですね」

嬉しそうにティアラローズの名を呼んだのは、シリウス・ラピスラズリ・ラクトムート。色素の薄《うす》い金色の髪に、澄《す》んだ空色の瞳。可愛らしい外見の美少年だ。

ティアラローズの祖国であるラピスラズリ王国の第二王子で、今はマリンフォレストへ留学に来ている。

ティアラローズのことは幼いころから知っていて、姉のように慕《した》ってくれている。

どうしてここに？　と思ったが、その答えはすぐシリウスの口から告げられた。

「最近は庭園に妖精たちがよく顔を出しますからね。実は仲良くなりたくて、ちょこちょこ通っているんですよ」

マリンフォレストの住人は妖精と仲よくなり、祝福をもらっている人も多い。けれどラピスラズリで育ったシリウスはまだ祝福をもらえていないのだ。

だから妖精たちが多くいる、自然豊かな場所……庭園に通っているのだという。

「そうだったのね。妖精たちは気まぐれだけれど、シリウス王子なら仲良くなれるわ」

「ティアラ姉様にそう言っていただけると、なんだか上手《うま》くいくような気がします」

シリウスはティアラローズの言葉を聞いて、とびきりの笑顔《えがお》を見せてくれる。

アクアスティードも、「きっと大丈夫」と頷く。

「妖精が他国の者に祝福を与えることは滅多《めった》にないが、前例がないわけではない。今は王城に多くの妖精がいるから、ゆっくり話しかけてみるといい」

「はい、ありがとうございます！」

国王に太鼓判《たいこばん》を押《お》されたこともあり、シリウスは先ほどより気合が入っているようだ。

「あ、そうでした。ティアラ姉様」

「はい？」

「発表前ですから、大っぴらには言えませんが……ご懐妊《かいにん》、おめでとうございます」

「――――！」

シリウスにはまだ伝えていなかったので、ティアラローズは驚《おどろ》いて口元に手を当てる。

確かにお腹はふくらんできたけれど、ドレスを工夫《くふう》してもらっているので、はたから見てもわからないはずなのに。

ティアラローズの懐妊に関してはまだ公表前だが、一部の人間は知っている。侍女や護衛騎士《きし》をはじめ、医師や料理長、一部のメイドなどだ。

「ありがとうございます、シリウス王子。ですが、よく気付きましたね」

「ティアラ姉様のことですから、わかります。それに、周囲の者もいつも以上に気を遣っているようでしたから」

やはりわかる人には一瞬《いっしゅん》でばれてしまうものだなと、ティアラローズは苦笑する。

アクアスティードも驚いたようだが、すぐに微笑んでシリウスに声をかけた。

「時期は調整しているが、もう少ししたら公表する予定だ。それまでは内密にお願いします、シリウス王子」

「もちろんです。きっと、国をあげてのお祭り騒ぎになりますね」

今から楽しみですと、シリウスが嬉しそうに言う。

みなに喜んでもらえるのは嬉しいけれど、やっぱり恥ずかしいと……そう思うティアラローズだった。

シリウスと別れて部屋に戻ると、フィリーネが果実水を用意してくれていた。口をつけると、喉《のど》が一瞬で潤《うるお》う。

「はぁ……生き返りますね」

「外は暑いからね。でも、体を冷やしすぎないように気を付けるんだよ？」

「はい」

ティアラローズとアクアスティードは並んでソファに座り、のんびりとした時間を過ごす。こうして二人でいる時間が、とても心地《ここち》いい。

「ティアラ、お腹に触《ふ》れてもいい？」

「もちろんです」

ティアラローズが返事をすると、アクアスティードがお腹を優しく撫でてくれる。

「パパだよ」

そう言ってお腹に頬《ほお》を寄せるアクアスティードに、きゅんとする。

「今日も元気そうで、よかった」

アクアスティードは目を閉じて、お腹にいる我《わ》が子《こ》を感じ取ろうとしているようだ。ときおり動くお腹に、嬉しそうにしている。

「ここに命が宿っているというのは、理解していても不思議に感じてしまうな。本当に、女性はすごいことを簡単に成し得てしまうね」

尊敬すると、アクアスティードは付け加える。

「わたくしにできる、大切なお役目ですね。アクア様の子を成せる女性に生まれて、よか

った心から思います」

「私も、ティアラに生んでもらえることがとても嬉しいよ」

互《たが》いに、出会えてよかったと――そう、改めて思う。

ティアラローズがグラスをテーブルに置いたのを見て、アクアスティードは優しく頬へ手を伸《の》ばす。

「アクア様？」

「いや……子どもが生まれたら、なかなか落ち着く暇《ひま》もなくなるのかと思って」

「確かに、お世話は大変だと言いますものね」

いい子でお昼寝《ひるね》してくれればいいけれど、泣いてぐずってしまうかもしれない。

この世界では乳母《うば》という制度はなく、王妃であっても母親が子どもを育てる。そのため、生まれた子どもにつきっきりになるのは必然だ。

ティアラローズは自分の頬に触れる手に擦《す》り寄《よ》り、上目遣《うわめづか》いでアクアスティードを見つめる。

「アクア様と……アクアとのんびりする時間も大好きです。ですから、子どもが生まれてもわたくしのことも忘れないでくださいね？」

「ティアラ……」

もし女の子が生まれたら、アクアスティードはめろめろになってしまうのでは……と、思ってしまうこともある。

とはいえ、それが駄目というわけではない。ただ、寂《さび》しく思ってしまう自分のせまい心がちょっと嫌になってしまいそうだ……とは思うけれど。

だからこそ、勇気を出して——恥ずかしくてなかなか呼べない、敬称《けいしょう》なしでアクアスティードの名前を呼んだ。

アクア、と。

呼ばれたアクアスティードはといえば、嬉しそうに頰を赤くした。普段《ふだん》なかなか呼んでもらえないので、実は不意打ちされると弱い。

「ああもう、ティアラはどこまで私を虜《とりこ》にすれば気がすむの？」

そう言って、アクアスティードはティアラローズに口づける。

「ん……」

ティアラローズはゆっくり瞳を閉じて受け入れ、アクアスティードに身を任せる。優しく甘《あま》いキスは、夏の暑さも相まってとろけさせられてしまいそうだ。

そっと唇《くちびる》が離《はな》れると、今度はティアラローズがアクアスティードの頰に触れる。

「わたくしだって、その……アクアに虜にされっぱなし、ですよ？」

だからおあいこですねと、いたずらっぽい笑みを浮かべる。

「まったく。ティアラには敵いそうにない」

「それはわたくしの台詞《せりふ》です。アクアに甘やかされて、どうにかなってしまいそうです」

「私としては、もっとどうにかなってもらってもいいけどね……？」

「……っ！　アクアったら」

これ以上はもう心臓が持ちませんと、ティアラローズがこの話題を止めた。

そういえばと、実家から手紙が来ていたことを思い出す。ちょうど散歩に出るところだったので、戻って来てから読もうと思っていた。

「手紙を確認《かくにん》してもいいですか？」

「もちろん。何かあった？」

「実家からなので、わたくしの出産時に関することかもしれません。アクア様にも知っておいていただいた方がいいですから」

出産の時期には絶対にマリンフォレストへ行くと、特に父親が張り切っていたのを思い出して笑う。

ティアラローズは机の上に置いておいた手紙を取り、ペーパーナイフで封《ふう》を開けてソファに戻る。

そこには、父親であるシュナウスからの手紙と、養子となった義弟《おとうと》のダレルからの手紙が入っていた。

「わ、ダレルからの手紙も入っています！　嬉しい」

「よかったね、ティアラ」

「はいっ！」

ティアラローズは当初、養子になったダレルと仲良くできるか心配していた。そのため、手紙をもらえたことがとても嬉しいのだ。

手紙はたどたどしい文字で一生懸命《いっしょうけんめい》書かれており、ダレルの頑張《がんば》りが一目でわかる。

「ダレルはなんて？」

「……わたくしの体を心配してくれているようです。できれば、出産前にはマリンフォレストへ行きたいと」

ダレルは治癒魔法《ちゆまほう》が得意で、ティアラローズの妊娠を最初に言い当てた。体調が悪くなったときも、同じように心配してくれたのを覚えている。

本来であれば、マリンフォレストの医師がいれば問題はない。けれど、お腹の赤ちゃんが膨大《ぼうだい》な魔力《まりょく》を持っていることがわかり、何か予期しないことが起こる可能性もある。

それもあって、ダレルには出産する際に別室で待機してもらおうという話もアクアステイードとシュナウスの間で進んでいた。

「姉思いの優しい弟だね。ダレルが来てくれるなら、こちらとしては安心できるし、歓迎《かんげい》するよ。もう一通の手紙にもそのことが？」

「あ、お父様の手紙ですね」

ティアラローズはもう一通の手紙を手に取り、その内容を読む。

「ええと、『ティアラ！　元気にしているか？　こちらは家のリフォームがほとんど終わった。いつでも遊びに来なさい。子どものために頼《たの》んだ特注のぬいぐるみも、もうすぐ完成して』……すみませんアクア様、出産時の予定などではなく、いつものお父様の手紙でした」

「本当にティアラは愛されているね」

いかにも娘《むすめ》ラブなシュナウスらしい手紙に、アクアスティードは笑う。

「なら、ダレルたちの滞在の日程などは私が詰《つ》めておくよ。構わない？」

「はい。どうぞよろしくお願いします」

治癒魔法の得意なダレルもいて、王城の医師もいて、不安なんてすべて吹《ふ》き飛《と》んでしまいそうだとティアラローズは思う。

——早くこの子に会いたい。

お腹を撫でながら、ティアラローズはアクアスティードの肩《かた》に寄《よ》り添《そ》った。

すーはー、すーはーと、ティアラローズは自分を落ち着かせるように何度か深呼吸を繰《く》り返《かえ》す。

アクアスティードはそれを見て、くすくす笑う。

「大丈夫だよ、ティアラ。そんなに緊張《きんちょう》しないで」

「無理です、緊張してしまいます。とてもどきどきしています……！」

頬に手を当てたティアラローズは、フィリーネに支度《したく》をしてもらいゆったりとしたドレスに身を包んだ。

これからティアラローズの妊娠の公表と、国民へのお披露目《ひろめ》がある。そのため、いつも以上に緊張している……というわけだ。

——この子が、次期国王になるのかもしれない。

そう考えると、緊張するなと言う方が無理だ。

フィリーネはいつになく落ち着かない様子のティアラローズに、「大丈夫ですよ」と優しい笑顔を向ける。

「温かい飲み物をご用意いたしますね。そうすればリラックスできると思いますから」

「ありがとう、フィリーネ」

一度フィリーネが退室したのを見て、ティアラローズはそっと窓の外を確認する。

そこには今日の発表の内容を期待している国民たちが集まっていて、広場はとても賑《にぎ》やかだった。

いったいどんな嬉しいことがあるのだろうかと、そわそわしているようだ。

しかもすでにお祭り気分らしく、屋台まで出ている。

「なんだかとても楽しそうです」

思わずティアラローズから笑みがこぼれると、隣に来てアクアスティードもそうだねと微笑む。

「悪い知らせがあるとは、誰も考えないだろうからね」

「マリンフォレストは豊かで平和な国ですから。それがよくわかって嬉しくなりますね」

「そうだね。それも、ティアラがずっと私のことを支えてくれていたからだ」

「――――！」

ともにいてくれてありがとうと、アクアスティードが触れるだけのキスをしてきた。

「わたくしこそ……ずっとアクア様に支えていただきましたもの。ですが、わたくしがちゃんと支えになれていたのであれば……嬉しいです」

「うん」

アクアスティードは優しくティアラローズの手を取り、ソファまでエスコートする。そこへ、ちょうどハーブティーを用意したフィリーネがエリオットとともにやってきた。

「お待たせいたしました、ティアラローズ様」

「公表の準備が整いましたので、もう始められるとのことです」

エリオットは公表の準備が整ったことを教えに来てくれたようだ。

まずティアラローズの懐妊が発表され、その後、アクアスティードとともにティアラローズがテラスから顔を見せる……という流れになっている。

なので、ティアラローズの出番は本当に最後だけだ。

「報告ありがとう。問題はないから、進めてくれ」

「はい」

アクアスティードの返事を聞き、エリオットはすぐに退室した。

それからハーブティーを飲んでゆっくりしていると、外からわあああああっと、大歓声《だいかんせい》が聞こえてきた。

「ティアラローズ様の懐妊が発表されたようですね！　すごい歓声です」

フィリーネが自分のことのように喜んで、ティアラローズは照れてしまう。自分の妊娠をここまで喜んでもらえることは、そうあることではない。

――これからは王妃としてだけではなく、国母としてもしっかりしなければ。

「……この子が歓迎されて、とても嬉しいわ」

「ええ。わたくしも、ティアラローズ様の侍女としてとても誇《ほこ》らしいです」

気付けばフィリーネは歓喜《かんき》のあまり涙《なみだ》ぐんでいて、ティアラローズは慌《あわ》ててその目元をハンカチで拭《ふ》く。

「もう、フィリーネが泣いてどうするの」

「すみませんんっ、わたくし、嬉しくて……」

フィリーネは、ティアラローズのこととなると途端《とたん》に涙腺《るいせん》が緩《ゆる》む。

「わたくしまで涙ぐんできちゃったじゃない」

「ティアラローズ様……っ！」

二人でうるうるしているところに、ちょうどエリオットが戻ってきた。

「わ、どうしたんですか⁉」

「感極《かんきわ》まってしまったみたいだね」

エリオットの問いかけにアクアスティードが答えた。

優しくティアラローズを抱《だ》き寄せ、その目元をそっとハンカチで押さえて、「私の奥《おく》さんは可愛いね」と安心させるように額にキスをする。

それを見て、「さすがにあれは無理ですが……」と、エリオットもフィリーネにハンカチを差し出した。

「今日は嬉しい日ですからね。フィリーネの気持ちも、よくわかります」

「エリオット……ありがとうございます」

ハンカチを受け取ったフィリーネは、笑顔を見せる。

「どうにも、ティアラローズ様のこととなると……自分のこと以上に嬉しくなってしまって。今からティアラローズ様がお姿をお見せになる番なのですから、わたくしがしっかりしなければならないのに……」

急いで涙を拭《ぬぐ》うフィリーネに、エリオットは「大丈夫ですよ」と告げる。

「そんなフィリーネだからこそ、ティアラローズ様も大好きなんです。もちろん、私やアクアスティード様だって」

「……はい」

エリオットの言葉に頷き、フィリーネは立ち上がる。

「ティアラローズ様、少しだけ目元のお直しをいたしますね」

「ありがとう、フィリーネ。お願いするわ」

崩《くず》れてしまった化粧《けしよう》を急いで整えて、フィリーネは準備を終わらせる。これで、いつ出番が来ても問題ないだろう。

透《す》き通《とお》るような白い肌《はだ》が美しく、ティアラローズは綺麗《きれい》なお人形のようだ。その出来栄《できば》えに、フィリーネは胸を張る。

「ティアラローズ様が世界で一番お綺麗です」

「大袈裟《おおげさ》よ、フィリーネったら」

太鼓判を押す自分の侍女に苦笑しつつも、ティアラローズは礼を述べる。

二人のやり取りが終わったのを見て、アクアスティードが「そろそろかな」と立ち上がった。

「それじゃあテラスに行こうか、ティアラ」

「はい」


アクアスティードのエスコートでテラスに出ると、瞬間《しゅんかん》、わっと大地が揺《ゆ》れたかと思うほどの声が届いた。


「おめでとうございます！　ティアラローズ様！　アクアスティード陛下!!」

「マリンフォレストの未来も安泰《あんたい》だ！」

「ご懐妊、おめでとうございます!!」

「おめでとうございます!!」

たくさんのお祝いの言葉が、ティアラローズの耳へと届く。それがとても嬉しくて、再びうるっとしてしまう。

けれど今は、笑顔を向けてこのお祝いに応《こた》えるのが先だ。

ティアラローズは手を振り、集まってくれた人たちを見る。

「ありがとうございます。わたくしも、お腹の子も、元気です。こうしてお祝いしていただけて、とても嬉しいです」

何度もありがとうと口にして、ティアラローズは満面の笑みをみせる。その横では、アクアスティードが優しくティアラローズのことを支えてくれている。

国民たちは喜びを隠《かく》せないようで、誰かが「祭りだー！」と声を上げた。

「すごいね、本当に祭りを催してくれるみたいだ」

くすくす笑うアクアスティードに、ティアラローズは焦《あせ》る。

「さ、さすがにそれは大袈裟ではないですか⁉」

「それだけティアラが愛されているんだよ、国民たちに。笑って受け入れたらいい」

「アクア様……。そうですね、みんなの気持ちがとても嬉しいです」

悪役令嬢である自分がこんな未来を迎《むか》えることができて、とても幸せだなと思う。

――だからわたくしも、もっとこの国を支えられるようになろう。

喜んでくれる人たちを見て、ティアラローズはそんな気持ちが強くなった。

国民たちがお祭りモードになったのはいいが、同時に王城内も大騒《おおさわ》ぎになってしまった。

多くの人がティアラローズとアクアスティードにお祝いの言葉を告げに来てくれるのは嬉しいし、ありがたい。

けれど、「すぐに御子《みこ》が王子か姫か占《うらな》いを……！」なんてことまで。

数日が経《た》つと、国内の貴族だけではなく他国の王侯《おうこう》貴族からもたくさんの贈り物が届くようになった。

ティアラローズの私室には入りきらないので、専用の部屋を一室設けたほどだ。

その確認に追われるフィリーネは、大変ながらも自分の主人への祝いなので楽しそうに作業を行っている。

「まあ、これはクッキーの型抜《かたぬ》きですね。赤ちゃんのおもちゃの形をしていて、とても可愛らしいわ。こっちは、貴重な宝石ね。ああ、地域の伝統織物《おりもの》も……これでおくるみを作ったら、とても素敵《すてき》ですね」

宝石類以外には、お菓子《かし》の調理道具なども含《ふく》まれているのがなんともティアラローズへの贈り物らしい。

「フィリーネ、大丈夫……？　仕事量がとても増えてしまったでしょう？」

　ティアラローズがお茶を飲んでいるときに言うと、フィリーネは「大丈夫ですよ」と笑顔を見せる。

「王城のメイドたちも仕分けを手伝ってくれていますから、そんなに大変ではありません。ティアラローズ様への贈り物は、リストを作りますね」

「ありがとう、フィリーネ」

　思ったより負担は少ないようで、ほっとする。

　そこへノックの音が響《ひび》き、疲《つか》れた様子のアクアスティードがやってきた。

　その手には一通の手紙があり、何か厄介《やっかい》ごとでもあったのだろうかと、ティアラローズとフィリーネは顔を見合わせる。

「すぐに紅茶をお持ちいたしますね」

「ああ、ありがとう」

　フィリーネが紅茶を用意するために下がると、アクアスティードはティアラローズの横へ腰かけた。

「お疲れ様です、アクア様。何かありましたか？」

「……そうだね」

　ティアラローズが問いかけると、アクアスティードはすんなりとそれを肯定《こうてい》する。いつもであれば、ほとんどのことをアクアスティードが一人で解決してしまうのに。

自分にそうだと伝えてもらえたことが珍しくて、なんだかちょっと嬉しいと思ってしまった。

「その手紙ですか？」

「ああ。サンドローズからだ」

サンドローズは砂漠《さばく》にある大帝国《だいていこく》で、皇帝《こうてい》とはティアラローズもアクアスティードも知り合いだ。

「サラヴィア陛下から……ですか？」

妊娠した自分への祝いの言葉だろうか？　そう思いつつティアラローズが手紙を開くと、それはこれから生まれる赤ちゃんへの婚約《こんやく》の申し入れだった。

二人の子どもに関する内容だったので、アクアスティードはティアラローズの耳にもきちんと入れてくれたようだ。

「婚約……って、まだ王子か姫かもわかっていないのに」

せっかちすぎると、ティアラローズは苦笑する。しかし、それだけマリンフォレストと縁《えん》を結びたいのだということもわかる。

「ですが、サラヴィア陛下にはお子はいなかったと思うのですが」

ティアラローズの疑問も当然だ。

そもそも、サラヴィアは複数いた奥方《おくがた》全員と離婚《りこん》していたはずだ……と、ティアラローズは思い出す。

それなのに婚約とは、いったいどういうことなのか。

その疑問には、ため息をつきつつアクアスティードが答えてくれた。

「私たちがサンドローズから帰ったあと、復縁《ふくえん》したそうだよ。今では二人の奥方が妊娠しているということだから、生まれた子どもと婚約を……ということだろうね」

「まあ……」

驚いて声をあげるしかない。

こちらも相手も性別がわからないというのに。仮に全員が男だったらどうするつもりなのか。

――姫が生まれるまで待つのかしら。

けれどサンドローズは一夫多妻制なので、またすぐに子どもには恵《めぐ》まれそうだなとティアラローズは思う。

「それで、その……アクア様はどうされるおつもりなんですか？」

王族ということを考えると、政略結婚《けっこん》という問題はついて回る。ティアラローズだって、最初はハルトナイツと婚約していたのだ。

王侯貴族に生まれたのだから、これはある種の義務だと理解はしている。ティアラローズはアクアスティードが決めたことであれば、従う心づもりだ。

しかし、それを是《ぜ》とするアクアスティードではなかった。

「却下《きやつか》だ。そもそも、私は本人が望まない婚姻《こんいん》をさせるつもりはない」

きっぱり言い放ったアクアスティードに、ティアラローズは思わずきゅんとする。

「アクア様……」

国益を考えれば、政略結婚はするべきだ。けれど、子どもにも自分のように好きな人と結ばれてほしい。

そんな風に、アクアスティードが子どものために道を残してくれたことが嬉しかった。

「でなければ、私はティアラと結婚できなかったからね」

きっと、今頃《いまごろ》はマリンフォレストの令嬢と結婚していただろう。それこそ、公爵《こうしやく》家の令嬢であるアイシラあたりと。

「もちろん、今後……もしかしたら何か大きな出来事が起きて、政略結婚をしなければならない場面が出てくるかもしれない。けれど、そうでないのであれば……私は、子どもが望む相手と将来を共にしてほしいと思っているよ」

そう言いながら、アクアスティードは優しくお腹に触れる。

「ああでも、とんでもない相手を連れてきたときは……どうするかな」

「アクア様ったら」

それこそサラヴィアのようにチャラチャラした相手だったらふざけるなと声を荒《あら》らげてしまうかもしれない。

そんなことを言って、アクアスティードが笑う。

「大丈夫ですよ。だって、わたくしたちの子どもですもの。いい人を見つけてくれます」

「そうだね。……でも、そんな先の話はもう終わり。今はまだ、私にティアラローズごと甘やかさせて」

「……はい」

二人で顔を見合わせ笑いあって、ティアラローズは甘えるようにキスをねだった。


ティアラローズの懐妊の公表とともに始まったお祭りは、国内外を問わずそれは多くの人が集まった。

街はいつもの倍以上の人で溢《あふ》れ、異国の踊《おど》り子《こ》や大道芸人、見慣れない珍しい品を売る行商人など……見所が満載《まんさい》だ。

そんなお祭りに、フィリーネはエリオットとやって来ていた。

本当はティアラローズが来たがったのだけれど、さすがに人出が多く、ぶつかったりしたら危険だからと……見送ることになった。

そのため、フィリーネはティアラローズのために珍しいスイーツを手に入れようと思っている。

容赦《ようしゃ》なく進む人の流れに、フィリーネは押し流されそうになってしまう。

「大丈夫ですか？　フィリーネ」

「エリオット！」

細腕にもかかわらず難なく人混みからフィリーネを救出した、エリオット。

オレンジがかった薄茶《うすちゃ》の髪に、深緑の瞳。体つきは細身でしなやかだが、鍛《きた》えているので騎士団が相手でもちょっとやそっとではやられない。

アクアスティードの側近として仕える、優秀《ゆうしゅう》な人物だ。

不慣れな人混みに戸惑《とまど》うフィリーネをエスコートし、エリオットはお祭りの中を進んでいく。

「すごい活気ですね。アクアスティード様とティアラローズ様の人気がよくわかります」

これじゃあ人混みでお祭りもゆっくり見られないと、エリオットが苦笑する。

それには、フィリーネも同意せざるを得ない。

「お祝いで開いてくれているお祭りなので、とても嬉しくはありますけどね」

せっかくだけど、もっと落ち着いてティアラローズが見られるようなものだったら……とも思ってしまう。

「ということは、私たちの『お菓子を買って帰る』という任務はかなり大切ですね」

「ええ。ティアラローズ様に喜んでもらえるものを頑張ってお探ししなければ！」

最近ティアラローズは部屋でゆっくり過ごすことが多く、散歩などの時間は減っている。

運動をしない分お菓子の量も減らしているので、その分ティアラローズが喜んでくれるものを用意したい！　というのが、侍女心というもの。

「エリオット、あっちは女性客が多いみたいですよ。行ってみましょう」

「はい」

人だかりができていたのは、美味《おい》しそうなプリンの屋台だった。行列ができているプリンならば、ティアラローズのお土産《みやげ》にも適しているだろう。

「美味しそうですね」

フィリーネとエリオットの二人が並び始めると、今度は少し先に女性たちが列を作っているのが目に入った。

エリオットが目を細め、「ケーキ？　でしょうか」と首を傾《かし》げている。なんとも歯切れの悪い言葉で、本当にケーキなのかわからない。

「ちょっと見てきますので、エリオットはここで並んでいてください！」

「えっ!? フィリーネ、一人は危ないですから……って、ああ、行ってしまった……」

すぐさま追いかけたいが、ここで列を離れたらプリンを買えなくなってしまう。そうなったら、フィリーネはひどく悲しむだろう。

「まあ、ここから向こうに並ぶフィリーネは見えますからね」

よしとしようと、エリオットは苦笑する。

エリオットが並ぶフィリーネの後ろ姿を見ていると、商品が気になっているようで左右に揺れてそわそわしている。

その姿がなんとも可愛らしいと思ってしまい、無意識に顔が赤くなる。

「……早く、結婚できたら……」

思わずそんなことまで呟《つぶや》いてしまい、エリオットはハッとする。そして誰かに聞かれていないか周囲を見て……聞かれていないことにふうと息をつく。

もう少し落ち着かなければと、エリオットは気を引きしめるのだった。

それから間もなくして、買い物を終えたフィリーネが戻ってきた。

「お待たせしました、エリオット」

「いえいえ。ちょうどプリンが買えましたよ」

「ありがとうございます！　わたくしも、最初のお店でキッシュを買って、それから焼き菓子を何点か購入《こうにゅう》してきました」

「はい」

後ろ姿を目で追っていたので、知っています。

そして自分が最初に見たケーキと勘違《かんちが》いしたものはキッシュだったようだ。けれど形はケーキに似ているし、きっとティアラローズも喜んでくれるだろう。

甘いお菓子と一緒に食べるしょっぱいものとしても、ちょうどいい。

「これならティアラローズ様も喜んでくれそうですね」

「はい。お城に戻って、お茶にしましょ――きゃっ」

「フィリーネ！」

歩き出そうとしたところで、フィリーネは人とぶつかりバランスを崩してしまう。すぐにエリオットがフィリーネの手を摑《つか》み、自分の方へと引き寄せた。

「危なかった、大丈夫ですか？」

「は、はい……っ！　ありがとうございます、エリオット……」

転ばなかったことにほっとしたのも束《つか》の間《ま》で、すぐに抱き寄せられたことに心臓が早鐘《はやがね》を打つ。

思いのほかしっかりしているエリオットの胸板《むないた》に、フィリーネはどうしようもなく動揺《どうよう》してしまった。

その心を知ってか知らずか、エリオットはフィリーネの手を取りそのまま繋《つな》ぐ。

「……その、今みたいに人とぶつかったりしては危険ですから」

だから人混みが落ち着くまでは、しばらく手を繋いでいませんか？　と、暗にエリオットが告げる。

フィリーネはまだ婚約したわけではないのに、そう思ってしまったけれど……どうにも温かいエリオットの手を離しがたく、小さく頷いた。

「…………」

いつもより距離《きょり》が近くて、どうにも緊張してしまう。

けれどたまには、こんな日もいいなと思うエリオットとフィリーネだった。

第二章　新たな貴族

「ティアラローズ様、ドレスにきついところはございませんか？」

「ええ、大丈夫《だいじょうぶ》よ。ありがとう、フィリーネ」

ゆったりしたドレスを着せてもらい、普段《ふだん》より少し遅《おそ》めの朝食。お腹《なか》に赤ちゃんがいるので、体に負担がかからないよう気を付けている。

朝食の後は、のんびりティータイムをとることが多い。

胎教《たいきょう》を考え絵本を読んだり、楽器の演奏を聞いたり、妖精《ようせい》たちと遊んだり。ときには妖精王たちがやってきてそわそわしている。

今日はフィリーネと、赤ちゃんが生まれたあとのことを楽しく話す。

「もし姫君《ひめぎみ》でしたら、新しく侍女《じじょ》を探さないといけませんね。王子であれば、側近でしょうか」

「フィリーネったら、気が早いわ」

今から候補を見つけて教育しなければと、気合を入れている。

とはいえ、フィリーネだけではなくアクアスティードも同じ考えだ。

すでに子ども専属の護衛騎士《きし》の選定を始めているというし、ティアラローズの専属メイドも増えるだろう。

この世界には乳母《うば》という制度がないため、これからティアラローズは赤ちゃんにつきっきりになる。その際のティアラローズのサポートをしてもらうのだ。

ティアラローズが行動しなくても、周りでどんどん準備が整っていっている。

「みんなが優秀《ゆうしゅう》で、私はすることがないわね」

「そんなことはありません。お腹に命が宿っているのですから、一番大変なのはティアラローズ様です。わたくしたちは、サポートをすることしかできませんから……」

フィリーネがそう言って、ティアラローズの手をぎゅっと握《にぎ》りしめる。

「ご要望がありましたら、なんでもおっしゃってくださいませね？　わたくし、全力でティアラローズ様が過ごしやすい環境《かんきょう》にいたしますから！」

「ありがとう、フィリーネ」

燃え上がるフィリーネに、ティアラローズはくすくす笑う。

すると、ソファの上に置いてあったねこのぬいぐるみが立ちあがって動き出した。

どうやら、お腹の中の赤ちゃんもティアラローズ――ママを気遣《きづか》ってもらえて嬉《うれ》しかったようだ。

最初はなぜぬいぐるみが動くのかわからなくて焦《あせ》ったけれど、赤ちゃんが遊んでいるとわかればちっとも怖《こわ》くはない。

「ぬいぐるみ可愛《かわい》いですねぇ。ねこちゃん、一緒《いっしょ》に遊んでくださいませ」

フィリーネがクマのぬいぐるみを手に取って動かし、くるくるダンスを踊《おど》るように遊ばせる。

すると、ねこのぬいぐるみも同じようにくるくる回ってみせた。赤ちゃんも、フィリーネと一緒に遊びたいと思ったようだ。

「可愛い。こんな風にぬいぐるみ遊びをする日がくるなんて、思ってもいませんでした」

「そうよね。でも、女の子なら……誰《だれ》もが考えてしまうわね。大好きなぬいぐるみと、こんな風に一緒に遊べたら……と」

「ええ、そうですわね」

ティアラローズもハリネズミのぬいぐるみを手に取り、一緒に動かす。

赤ちゃんが生まれたら、こんな風に楽しく遊ぶ日常が待っているのだろうか。もしそうなら、可愛いぬいぐるみをたくさん用意してあげたいなと思う。

ティアラローズがにこにこ見守っていると、突然《とつぜん》ねこのぬいぐるみが飛《と》び跳《は》ねた。そして一直線に、扉《とびら》の方へ走っていく。

「え？　どうしたのかしら」

「扉に何かあるのでしょうか？」

　理由がわからなくて、ティアラローズとフィリーネは顔を見合わせる。

　すると、コンコンコンと、ノックの音が響《ひび》いた。どうやら、人が来たことを察知してぬいぐるみが扉まで行ったようだ。

「すごい……。わたくしは気配なんて、まったくわからないのに……」

　お腹の赤ちゃんは、アクアスティードに似て気配などの察知能力が高いのかもしれない。

　そう考えていたら……訪ねてきたのはアクアスティードだった。仕事が一段落ついたため、様子を見に来てくれたようだ。

「アクア様」

「仕事が落ち着いたから、会いにきたんだ」

　アクアスティードは足に抱《だ》きついてきたねこのぬいぐるみを手に取って、「ただいま」と優《やさ》しく微笑《ほほえ》む。

「何度見ても、ぬいぐるみが動くのは不思議だね」

　ねこのぬいぐるみとハイタッチをして少し遊ぶと、動くのが止まった。どうやらパパに構ってもらい、満足したようだ。

　その光景が微笑ましくて、見ているだけでティアラローズは幸せな気持ちになる。

「体調はどう？　ティアラ」

「問題ありません。今、赤ちゃんとフィリーネの三人で、ぬいぐるみ遊びをしていたんですよ」

そう言って、ティアラローズはハリネズミのぬいぐるみを手で動かして見せる。

「いいね。今度は私も混ぜてほしいな」

「もちろんです」

ティアラローズが快諾《かいだく》すると、アクアスティードは隣《となり》に座《すわ》った。

「ああ、フィリーネ。紅茶はいいから、少しだけティアラと二人にしてもらっていい？」

「かしこまりました。では、失礼いたします」

フィリーネを下がらせたアクアスティードを見て、何かあっただろうかとティアラローズは首を傾《かし》げる。

「アクア様？」

「私の口からフィリーネに伝えるのは、あまりね。今日、エリオットの叙爵《じょしゃく》の日程が決まったんだ」

「本当ですか!?」

アクアスティードからの朗報《ろうほう》に、ティアラローズは思わず声をあげる。

二人は両想《りょうおも》いではあったが、フィリーネが貴族、エリオットが平民という身分差から結婚《けっこん》にまでは至っていなかった。

　エリオットが貴族になるまでは……と。

　つまり、二人は晴れて結婚することができるということだ。これをはしゃがなくてどうしようか。

「よかった……。フィリーネのことは心配だったんです」

　フィリーネはティアラローズより二歳《さい》年上なので、婚期《こんき》が遅くなってしまうのをずっと気にしていた。

「では、フィリーネにはエリオットから？」

「今頃《いまごろ》報告しているかもしれないね」

　ティアラローズが聞くと、アクアスティードが頷《うなず》いた。

　――だからフィリーネを下がらせたのね。

　それなら、フィリーネにはもう少しゆっくりしてもらおうとティアラローズは思う。特に急いで頼《たの》む用事もないので、お昼寝《ひるね》タイムにしてもいいくらいだ。

　ティアラローズがほっと胸を撫《な》でおろすと、アクアスティードも「一安心だ」と告げる。

「エリオットは女性から人気があるのに、浮《う》いた話が全然なかったからね」

「そうですね……。城のメイドたちも、エリオットに好意を持っている人が多かったと思います」

しかしエリオットは、そのすべてを断っていたという。

仕事が忙《いそが》しかったというのもあるだろうけれど、ずっとフィリーネを想ってくれていたのだろうと思うと、なおさら二人が結ばれることが嬉しい。

「二人にお祝いの贈《おく》り物《もの》を考えないといけませんね」

「そうだね。叙爵時には剣《けん》を贈るから、それとは別に私とティアラから何か贈ろうか」

「はい」

それに加えて、結婚のお祝いも考えなければならない。

今は王城にある部屋で暮らしているが、結婚すれば屋敷《やしき》も必要になってくるだろう。そうなると、入用なものも増える。

「これからもっと忙しくなりそうですね」

「子どもも生まれるしね。でも、ティアラは無理しちゃ駄目《だめ》だよ。何かあれば、すぐ相談すること」

「もちろんです。わたくしは、この子が無事に生まれることを第一に考えますね」

「ああ」

早くお腹の赤ちゃんに会いたい。

ティアラローズはアクアスティードの肩《かた》に頭を預け、甘《あま》えてみる。

「この子に会えるのが、楽しみですね」

「そうだね」


それから一ヶ月が経《た》ち、エリオットの叙爵式が行われる日がやってきた。

城内の人々が朝から準備で慌《あわ》ただしくしている中、ティアラローズは時間までフィリーネと一緒にゆっくりしている。

のだけれど——フィリーネが、珍《めずら》しくガチガチに緊張《きんちょう》している。

「大丈夫よ、フィリーネ。落ち着いて？」

「おおおお落ち着いていますよ⁉」

「…………」

絶対に落ち着いていないと、ティアラローズは苦笑《くしょう》する。

「エリオットなら大丈夫。とても優秀だもの」

「……はい」

ティアラローズの言葉にフィリーネが頷いたタイミングで、部屋にノックの音が響いて
アクアスティードが顔を出した。

どうやら、今から式が始まるようだ。

「もう始まるけど、体調は大丈夫そう？」

「はい、問題ありません。フィリーネもすぐ近くに控《ひか》えてくれているので、わたくしは安心です」

今日は調子がいいですよと、ティアラローズは微笑む。

それからアクアスティードにエスコートされ、叙爵式が行われる玉座の間へと向かった。


窓から入る太陽の光と、それに照らされる国花ティアラローズが咲《さ》き誇《ほこ》る。中央に赤い絨毯《じゅうたん》が敷《し》かれた広間には、式を見届けるために貴族たちが並んでいる。

そして玉座にはアクアスティードとティアラローズが並んで座り、エリオットの入場を待つ。

フィリーネは、少し離《はな》れたところに控えている。ティアラローズが妊娠中《にんしんちゅう》ということもあって、在席を許されているのだ。


エリオットは大丈夫だろうかと、フィリーネはどきどきしながら入場口となる扉を見る。

もうすぐ、エリオットが入ってくるはずだ。

すると大臣が書類などの確認《かくにん》をし、エリオットの名を呼んだ。

騎士が扉を開け、フィリーネの目は釘付《くぎづ》けになった。

「――エリオ、ット」

その堂々とした立ち振舞《ふるま》いに、息を呑《の》む。

いつもの穏《おだ》やかな笑顔《えがお》や、優しさを感じさせる表情ではない、決意を秘めた瞳《ひとみ》の、誇りを持った一人の男がそこに立っていた。

白を基調とした騎士服に、主人であるアクアスティードを表すダークブルーの差し色。

さらに、フィリーネを思わせる深緑も添《そ》えられている。

まっすぐ前を見据《みす》え歩くその姿は凜々《りり》しく、まさにアクアスティードの右腕《みぎうで》に相応《ふさわ》しいと言っていいだろう。

エリオットが前に進み、玉座の手前で膝《ひざ》をついた。

「アクアスティード陛下《へいか》、ならびにティアラローズ様とその御子《みこ》を助けた功績により、エリオットに男爵《だんしゃく》の爵位《しゃくい》を授《さず》ける」

大臣がそう告げると、すぐにアクアスティードが玉座から立ち上がりエリオットの前まで歩いていく。

そして手にした剣をエリオットへ授け、笑《え》みを浮かべる。

「エリオットのおかげで、私はもちろん、ティアラもお腹の子も無事だ。ありがとう」

「もったいないお言葉です、アクアスティード陛下」

アクアスティードはエリオットの返事を聞き、宣言する。

「――これからはマリンフォレストの貴族として、コーラルシアの名を授けよう」

「ありがたき幸せ。マリンフォレストの貴族として、アクアスティード陛下へ忠誠を誓《ちか》います」

エリオットに貴族位が授けられると、わっと拍手《はくしゅ》が沸《わ》き起《お》こった。ティアラローズも嬉しそうに拍手をし、新たな貴族の誕生をみなで喜び合う。

「コーラルシア男爵には、南にある領地を与《あた》える。つつがなく治めるように」

「はっ！」

エリオットに与えられた領地は、マリンフォレストの南に位置し、小さな入江《いりえ》のある海沿いの場所だ。

小さな領地だが、美しい海には妖精が多く住んでいる。

貴族になったばかりのエリオットではいろいろと大変なこともあるだろうが、フィリーネをはじめ、ティアラローズやアクアスティードといった心強い味方が多い。

これからはより一層精進《しょうじん》しようと、エリオットは改めて気を引きしめた。

「ふー……」

無事に叙爵式が終わり、エリオットは用意されていた控《ひか》え室《しつ》へと戻《もど》る。

人前に立つことはほとんどないため、こういった場はどうにも緊張してしまう。どうにか様になるようにはしてみたけれど……。

「………」

エリオットは、ゆっくりと自分の鞄《かばん》へと手をかける。そして中から取り出したのは、宝石があしらわれた綺麗《きれい》な小箱。

フィリーネに渡すために、前々から用意していた——指輪だ。

これを渡すのは、結婚式当日。だからまだそのときではないのだが、どうしても気になって持ち歩いてしまう。

ひとまず着替《きが》えて仕事に戻ろう、そうエリオットが考えていると、ノックの音が響いた。

「はい？」

「エリオット、フィリーネです」

「ああ、どうぞ」

エリオットが応じると、すぐにフィリーネがドアを開けて——中に入ろうとして固まってしまった。

「フィリーネ？」

いったいどうしたのだろうと、エリオットは首を傾げる。

そして、フィリーネの視線を追って……それが、自分の持つ指輪に向けられていることに気付く。

「あ……」

うっかりしていたと、エリオットは苦笑する。

しかし見られてしまったものは、もうどうしようもない。

「フィリーネ」

「え？　あ、はい……」

エリオットは緩《ゆる》めていた表情を引き締《ひし》めて、フィリーネを見る。

そしてドアの所で佇《たたず》むフィリーネの手を取り、室内へ招き入れて扉を閉めた。いつもより動揺《どうよう》しているフィリーネを、とても可愛いと思ってしまう。

貴族位を得て、さらにはフィリーネという想い人まで手に入れて。恵《めぐ》まれすぎているのではないだろうか、なんて。

フィリーネの手を取ったまま、エリオットは膝をつく。

そして宝物に触《ふ》れるように――いや、エリオットにとってフィリーネは宝物だ。どんな宝石よりも美しく輝《かがや》き、自分のことを想ってくれている女性。

触れたままだった手をそのまま口元へ寄せて、手の甲《こう》へそっと口づけをおくる。

「――爵位を得られたとはいえ、男爵です。フィリーネに相応しくなれたかと言われたら、胸を張って返事をしていいかはわかりません」

貴族としてどうあればいいかは、アクアスティードの側近として頭では理解している。

しかし、上手《うま》くできるかと問われたらそれは別の話だ。

けれども、エリオットの心は決まっている。

「ですが、フィリーネはアクアスティード様と同じくらい、私にとって大切な存在なんです。どうか、私――エリオット・コーラルシアと結婚してはいただけませんか？」

エリオットがフィリーネを見つめると、優しいセピアの瞳に涙《なみだ》が浮かんだ。

いつも気丈《きじょう》な彼女《かのじょ》が、自分の守るべき存在であると、そう思わせられる。

「……はい。末永く、どうぞよろしくお願いいたします」

「フィリーネ！」

了承《りょうしょう》の返事を聞いてすぐ。いても立ってもいられなくなり、エリオットはフィリーネのことを抱きしめた。

「きゃっ」

「あ……すみません、嬉しくて」

謝罪の言葉を口にしつつも、エリオットはフィリーネのことを離すつもりはない。やっと貴族位を手に入れ、想い人を自分の腕で抱きしめることができたのだから。

「もう少し、このままでもいいですか？」

硬直《こうちょく》してしまっていたフィリーネは、どきどきしすぎてどうすればいいのかわからない。こんなこと、恥《は》ずかしい。

けれど、エリオットの温《ぬく》もりが心地《ここち》よくて、もう少しこのままでいたいと、そう思ってしまった。

返事をするのはどうにも気恥ずかしくて、フィリーネは代わりにエリオットの背に腕を回し自分からも抱きしめた。

「フィリーネ……」

嬉しそうなエリオットの声に、フィリーネは耳まで赤くなる。

少しの触れ合いや交流でも嬉しくて、どきどきしていたのに。このまま結婚してしまって、自分の心臓は本当に大丈夫なのだろうか——と。


夜になり、王城の一室に豪華《ごうか》な食事が用意された。

そう、エリオットが男爵になり、コーラルシアの名を得たお祝いだ。

ティアラローズ、アクアスティード、フィリーネ、タルモと、普段一緒に仕事をしている身内だけのちょっとした祝いの席。

大々的なものは、また後日エリオットがお披露目《ひろめ》として行うことになるだろう。

ティアラローズはエリオットのためにとっておきのデザートをシェフに作ってもらい、内装の飾《かざ》りもいつもより豪華にしてある。

今日の主役ということで、グラスを持ったエリオットがみんなの前に立った。

「まさか自分がこうして前に立つなんて、アクアスティード様にお仕えしてから今まで考えたこともなかったです。基本的に、裏方が得意ですから……」

こういう場で喋《しゃべ》らなければならないというのは難しいものですねと、エリオットが素直《すなお》な感想を述べる。

「ですが、これからは貴族として今まで以上にアクアスティード様にお仕えしたいと思います。これからも、どうぞよろしくお願いいたします」

「エリオットの未来に、乾杯！」

エリオットの挨拶《あいさつ》のあと、アクアスティードが乾杯の発声をし、グラスを合わせる。

「改めて——おめでとう、エリオット。いろいろ手続きが遅くなってすまなかった」

「ありがとうございます、アクアスティード様。いえ、手続きが大変だということは、私が一番わかっていますから」

「それもそうだな」

お祝いの言葉と、叙爵式が遅くなってしまったことを詫《わ》びるアクアスティードに、エリオットが笑いながら答える。

ティアラローズの妊娠もあって、いつもよりバタバタしていたのは事実だ。

というか——

「ティアラローズ様がご出産されて、落ち着いてからでもよかったのでは……と」

忙しい時期とぶつかってしまったことが、エリオットは気がかりだったようだ。しかしアクアスティードが首を振《ふ》る。

「これ以上フィリーネを待たせるつもりか？」

「それは……」

エリオットも同じ考えだったようで、アクアスティードの問いに言葉を詰《つ》まらせる。

そんな二人のやり取りを横から見ていたティアラローズは、くすくす笑う。

「お祝いですから、それくらいにしてくださいませ」

「そうだったね。……エリオット、私とティアラからの祝いの品だ」

すぐに話を切り上げたアクアスティードが、上着の内ポケットから一枚の封筒《ふうとう》を取り出しエリオットに手渡《てわた》した。

ティアラローズとアクアスティードの二人で考えた結果、やはりこれがいいのでは……という結論にいたった贈り物だ。

「ありがとうございます」

なぜ祝いの品が封筒？　そう思いつつ、エリオットは封《ふう》を切り中を確認する。そこに入っていたのは、書類だった。

「書類？　これは……って、なんですかこれは!!」

お礼を言いつつ書類に目を通したエリオットが、驚《おどろ》いて声をあげた。予想もしていなかったようで、焦っている。

それを見て、ティアラローズとアクアスティードはくすりと笑う。思った通り、エリオットは驚いてくれた。

「必要だろう？」

「そ……っ、それは、必要ですけれど……ですが、さすがにこれはいただきすぎです」

書類を返そうとするエリオットを見て、フィリーネとタルモが隣にやってきた。

「いったい何をいただいたのですか？」

「アクアスティード様にいただいたのであれば、受け取ればいいのではないか？」

祝いなのだから返すのはよくないのではと、二人が言う。もちろん、それはエリオットだってわかっている。

エリオットが少し沈黙《ちんもく》して、口を開く。

「…………王城近くの、屋敷です」

お祝いがたとえ高価な剣や宝石、装飾品《そうしょくひん》であってもエリオットはありがたくちょうだいしようと思っていた。思っていたのだが、想像とは規模が違《ちが》ったのだ。

そう、何倍も。

さすがのフィリーネとタルモもそのお祝いは想定していなかったようで、ぽかんと口を開けた。

「さ、さすがにこれは……」

「屋敷とは、そう簡単に贈れるものなのか……？」

フィリーネが焦り、タルモは困惑《こんわく》気味だ。

そんな三人をフォローするように、アクアスティードが口を開く。

「王城から近い土地は、なかなか手に入れるのが難しいだろう？　でも、エリオットは私の側近で、フィリーネはティアラの侍女だ。何かあったときのためにも、近くに屋敷があった方がいいと判断したんだ」

「アクアスティード様……」

その気遣いに、エリオットが目頭を熱くする。

確かに急を要する場合、住んでいる場所によって駆《か》けつける時間がかわってしまう。今のエリオットでは、さすがに王城近くの土地を購入《こうにゅう》することは無理だ。

「ありがとうございます。では、ありがたくいただきます。何かあった際、すぐに駆けつけられるように……」

「頼《たよ》りにしている」

「はい！」


話がまとまったので、ティアラローズが「さあ」と手を叩《たた》く。

「冷めてしまいますから、食事にしましょう」

「ああ、そうだね。料理長がエリオットのために腕を振るってくれたんだ」

ティアラローズの言葉にアクアスティードが頷いて、お祝いの食事が始まった。

エリオットとフィリーネの結婚式はいつにするんだとか、領地には一度いかないといけないだとか、むしろ領地でスイーツ店を開いては？　なんて、ティアラローズが喜んでしまうような話をして、みんなでエリオットの叙爵を祝った。

「やることが多すぎて、目が回りそうです。ひとまず、領地は信頼できる人を紹介《しょうかい》してもらって任せる予定です」

いきなり領地を運営しろと言われても、知識も、時間も、何もかもが足りない。

「わたくしたちは、王都ですることがたくさんありますからね」

「はい」

フィリーネがエリオットの言葉に同意して、ティアラローズとアクアスティードを見て微笑む。


「アクアスティード様にお仕えしていることは、私の誇りですから」

「ティアラローズ様の侍女であることは、わたくしの誇りですもの」


どうやら、二人の意思は同じようだ。

「ありがとう、フィリーネ」

「エリオットには感謝してもしきれないな」

結婚式は可能な限り早くするように……と、アクアスティードに笑顔で言われてしまっため、最短の日程で行うことになった。


アクアスティードを交えエリオットとフィリーネで話し合った結果、二人の結婚式は三ヶ月後に執《と》り行《おこな》われることが決まった。

時期的に、ティアラローズの出産予定日の一ヶ月ほど前だろうか。出産後では落ち着いた時間を取るのが難しいので、急遽《きゅうきょ》この日取りになってしまった。


ティアラローズはといえば、さっそくアカリにフィリーネのことを手紙に書いて送った。そのほか、たわいもない雑談も含《ふく》めて。

アカリとフィリーネの間にはちょっとしたわだかまりがあったが、それも少しずつではあるがなくなってきている。

——とはいえ、もとはといえばアカリ様がわたくしを傷つけたからなんだけど……。

今となってはもう、懐《なつ》かしい笑い話のように感じてしまうから不思議だ。

「フィリーネの結婚式が今から楽しみね。もしかしなくても、感動して泣いてしまうかもしれないわ」

そんなことを思いながら、早く月日が経たないかなと思うティアラローズだった。


そして数日後、事件は唐突《とうとつ》にやってきた。

「ティアラ様、来ちゃいましたー!!」

「え、アカリ様!?」

馬に乗り、必死に追ってくる護衛を振り切るようなスピードでやってきたのは、この乙女《おとめ》ゲームの初代ヒロインだった。

ティアラローズがフィリーネと庭園を散歩しているところに突撃《とつげき》してくるとは、いつもながらため息をつきたくなってしまう。


フィリーネの結婚式に浮かれている、アカリ・ラピスラズリ・ラクトムート。

艶《つや》のある長い黒髪《くろかみ》に、黒い瞳。今は乗馬のためにパンツスタイルだが、普段は桃色《ももいろ》のドレスに身を包んでいることが多い。

乙女ゲーム『ラピスラズリの指輪』のメイン攻略《こうりゃく》対象であるハルトナイツと結婚し、ラピスラズリ王国で暮らしている日本人の転移者だ。

「どうして一言ご連絡《れんらく》をくださらないんですか……。アカリ様は国賓扱《こくひんあつか》いになるのですよ？　自覚してくださいませ」

「まぁまぁ、いいじゃないですか。急いでフィリーネのお祝いに駆けつけなきゃと思ったんです！」

だから問題なし！　というアカリに、ティアラローズとフィリーネは顔を見合わせて苦笑する。

全然問題なしではないのだが、来てしまったものは仕方がない。

「ありがとうございます、アカリ様」

お祝いに駆けつけてくれたのだからと、フィリーネはアカリに礼を述べる。

「いえいえ！　フィリーネの結婚式、盛大《せいだい》にお祝いしないとですから！　ああ、楽しみ。ということで、さっそくドレスの採寸をしましょう！」

「はい？」

突然何を言っているのだと、さすがのフィリーネもフリーズする。

ティアラローズはアカリの無茶ぶりにも慣れてきたが、フィリーネから見ればある意味アカリはモンスターのようなものだ。

そんなフィリーネの反応に気付いているのかいないのか、アカリはどんどん話を進めていく。

「実はここに来る前、オリヴィア様のところに寄ってきたんですよ。お針子の手配をお願いしたので、たぶんもうすぐ来ると思うんですよね」

「アカリ様、本気で今からフィリーネの採寸をして、ドレスを作るつもりですか？」

「もちのろんよ！」

どや顔で言うアカリに、仕方がないとティアラローズは部屋に戻ることに決める。

「こうなってしまったアカリ様は止められないわ。……それに、わたくしもフィリーネのドレス作りに加わりたいもの。まだ詳細《しょうさい》は決めていなかったわよね？」

「はい。今はデザインをどうしようかという話を、エリオットと少ししていただけでしたので……」

フィリーネの言葉を聞き、「任せて！」とアカリが胸を張った。


そして王城内に用意された部屋で、フィリーネのウエディングドレス計画が始まった。

部屋の中には色とりどりの布やレースなどが並べられている。

ドレスのカタログやデザイン画など、どれも素敵《すてき》で思わず目を奪われる。

そんななか、鼻息を荒《あら》くしている令嬢《れいじょう》が一人。

「わたくしお抱《かか》えのお針子たちが、最高のウエディングドレスを作ってくれますわ！」

興奮気味に迎《むか》えてくれたのは、オリヴィア・アリアーデル。

ローズレッドの髪に、リボンのヘアアクセサリー。ハニーグリーンの瞳は、獲物《えもの》を狙《ねら》う獣のようにきらりと輝いている。

彼女は続編の悪役令嬢で、マリンフォレストの公爵《こうしゃく》家の令嬢だ。

ラピスラズリの指輪が大好きすぎて、推《お》しは全キャラ、趣味《しゅみ》は聖地巡礼《じゅんれい》。その知識量もすさまじく、うっかり個人で攻略本まで作ってしまうほどの熱量だ。

そしてオリヴィアの隣に控えているのは、執事《しつじ》のレヴィ。

後ろに流した黒髪はきっちり整えられており、ローズレッドの瞳は眼光が鋭い。

どこからどう見ても完璧《かんぺき》な執事なのだが――その中身はオリヴィア至上主義の、ちょっとした――いや――かなりの、変態だ。

オリヴィアの連れてきたお針子たちが一礼し、さっそくフィリーネの採寸に取りかかる。

レヴィは男性なので、お茶の用意をして下がった。

フィリーネの採寸をしている間に、ティアラローズ、アカリ、オリヴィアの三人はどんなドレスがいいだろうかと意見を出し合う。

「可愛らしいのもいいけど、大人っぽさがあってもいいんじゃないかしら？」

とは、ティアラローズ。

「エリオットは奥手《おくて》だから、色っぽいドレスがよくないですか？」

と、アカリ。

「一通り作ってみるのもありかもしれませんわね！」

何を着ても似合うと思いますと、オリヴィア。

ん〜と、全員で頭を悩《なや》ませる。

クチュールのリボンであれば、可愛らしさと大人っぽさもあっていいかもしれない。けれど、シースルーのドレスも神聖さと色っぽさがあって捨てがたい。

Vラインの胸元《むなもと》にすると流行を先取りできるような気がするし、レースをあしらったオフショルダーも似合いそうだ。

一生に一度ということを考えると、いくらでも悩めてしまう。

「そういえば、大胆《だいたん》に背中を見せるドレスも日本で一時期流行《はや》っていたような？」

雑誌の特集で見た記憶《きおく》があると、アカリが話す。

「ありましたね！　ドレス生地《きじ》を使って薔薇《ばら》を作るデザインも素敵だと思った記憶がありますわ」

「迷ってしまいますね……」

オリヴィアが花もいいと言い、ティアラローズもフィリーネなら何を着ても似合ってしまいそうだと同意する。

するると、採寸の終わったフィリーネが顔を赤くしてやってきた。

「ろ……露出《ろしゅつ》はやめてくださいませ」

どうやら、アカリが色っぽいドレスでエリオットを悩殺《のうさつ》してしまおうと言っていたことが恥ずかしかったようだ。

ティアラローズの恋愛《れんあい》事情には行け行けゴーゴーだった彼女だが、自分のこととなると恥じらいが大きくなるらしい。

そんなところがまた、可愛らしくていいところ……でもあるけれど。

「悩殺されてメロメロになるエリオット、新鮮《しんせん》でいいと思うんだけどなぁ……」

「アカリ様！」

「真《ま》っ赤《か》になって、自分に迫《せま》ってくるエリオットって考えたら……よくないですか？」

そんな提案をしてくるアカリに、全員が顔を赤らめる。

確かに、ドレスを着た自分を求めてくれる……というのは、女性からしてみれば悪い気はしない。現に、フィリーネも真っ赤だ。

「ひ、ひ……ひかえめ、なら」

どうやら、フィリーネもそんなエリオットを少しは見てみたいと思ってしまったようだ。

控えめに……というフィリーネを見たオリヴィアが、突然「いい！」と声をあげて紙と鉛筆《えんぴつ》を手に取った。

その瞳はメラメラと燃えていて、手はものすごい速さでデザイン画を描《えが》いていく。

「清楚《せいそ》で、露出は少なく……でも！　総レースにして首周りはシースルーを演出するのよ！」

シュバババババッとデザインを仕上げ、オリヴィアが「どうです!?」と見せてくれた。

言葉通り、純白の白の上に総レースで草花をデザインして重ねてある。落ち着いているけれど細やかなデザインで、フィリーネによく似合いそうだ。

デザイン画を見て、ティアラローズたちは絶賛する。

「素敵です、オリヴィア様！　フィリーネにとても似合いそう」

「総レースっていうところがいいですね！　これならエリオットもイチコロ間違《まちが》いないですね!!」

ティアラローズとアカリはそれぞれ感想を言い合って、フィリーネを見る。いくら周囲が絶賛したとしても、当の本人が気に入らなければ意味はない。

どきどきしながら、フィリーネの反応を待つ。

フィリーネはじっくりとドレスのデザイン画を見て、口を開く。

「わ……わたくし、こんなに素敵なウエディングドレスを着ていいのでしょうか？」

どうやらフィリーネの好みにピッタリだったようで、嬉しさからか少し声が震《ふる》えている。

ドレスはこれで問題なさそうだ。

後はデザインを揃《そろ》えて、エリオットのタキシードも作ってしまえばいい。

「もちろんです。フィリーネに喜んでいただけて、わたくしとても嬉しいわ」

「ありがとうございます、オリヴィア様」

「どういたしまして。最高のドレスを仕上げるから、待っていてちょうだい」

俄然《がぜん》燃える！　と、オリヴィアの気合は十分だ。基本的に全員推しのオリヴィアにとっては、フィリーネも着飾って愛《め》でたい対象の一人なのだ。

「よーし！　デザインも決まったし、あとはお菓子《かし》を食べながら女子会しましょ！」

「では、レヴィに追加のお菓子を持ってこさせましょう。レヴィ！」

アカリがはしゃぐと、オリヴィアも頷く。そして名前を呼んですぐ、どこからともなくお菓子を持ったレヴィが現れた。

相変わらず、この執事は規格外だな……と、ティアラローズは思う。

とはいえ、レヴィが用意してくれるお菓子はどれも美味《おい》しい。

新しく紅茶を淹《い》れてもらい、さっそくマドレーヌに手をのばす。まだ温かく、焼き立てでいい匂《にお》いがしている。

――美味しそう。

ティアラローズが香《かお》りを楽しもうとすると、うっと何かが体の奥《おく》から込《こ》み上《あ》げてきた。

瞬間的《しゅんかんてき》に気持ちが悪くなりマドレーヌをお皿に戻すと、すぐにフィリーネが「大丈夫ですか!?」と背中をさすってくれた。

「悪阻《つわり》、ですね。吐《は》きそうですか？」

「いえ……。ちょっと気持ち悪かっただけで、そこまではないですね」

マドレーヌの匂いをかがなければ、問題はなさそうだとほっとする。

しかしながら、ティアラローズは別の衝撃《しょうげき》に襲《おそ》われていた。


――まさか、わたくしの体がお菓子を拒否《きょひ》するなんて……!!


スイーツ好きは前世からのもので、それは現世でも変わらない。何が起きても、この事実は絶対に揺《ゆ》らぐことのないものだと思っていた。

これまでそこまで体調を崩《くず》すことはなかったし、自分は悪阻が軽い体質なのだとばかり思っていた。

まさか悪阻に屈《くっ》してしまうなんて、予想外も予想外だ。

「大丈夫ですか？　ティアラローズ様」

「違うお菓子ならいけるかもしれませんよ！　マカロンはどうですか？」

心配するオリヴィアに、心配しつつも違うお菓子を勧《すす》めてくるアカリ。

「ありがとうございます、お二人とも」

ティアラローズは思わず笑ってしまうが、どのお菓子なら食べられるか把握《はあく》しておくのは大事なのでは……と、考える。

「さすがに全部のお菓子を拒否するようには、わたくしの体もできていないと思うの」

きっと何かしら、受け入れ可能なものがあるはずだ。

ティアラローズは真剣《しんけん》に、どのお菓子なら食べられるだろうかテーブルの上を見る。もちろん気持ち悪さはあるのだが、その程度でスイーツ愛が消えることはない。

それに呆《あき》れ気味なのは、フィリーネだ。

「ティアラローズ様がお菓子を大好きなことはよーく存じていますが、今は無理をなさらないでくださいませ……」

「も、もちろんよ！　でも、アクア様の前で同じようなことにはなりたくないから……何が駄目で、どれならいいのか、知っておきたいわ」

アクアスティードなら間違いなくティアラローズを心配して受け入れてくれるのだが、気持ち悪くて吐きそうになっている姿などあまり見られたくない……という、乙女心だ。

そんな健気《けなげ》な様子のティアラローズを見て、フィリーネが協力しないわけがない。必死に頷いて、「お任せくださいませ！」とお菓子を見る。

それに——来客があった際、もし粗相があればティアラローズが恥《はじ》をかくことになってしまうだろう。

……まあ、アクアスティードがそんなことはさせないだろうけれど。

フィリーネが一皿ずつお菓子を取り分けて、レヴィも様々な種類のものをテーブルに運んでくる。

焼き菓子はもちろんのこと、ケーキやパン、なぜかおはぎや和菓子まである。

和菓子は今まで見たことがなかったので、普通《ふつう》に食べたいと思いつつ……それはまた今度オリヴィアに頼むことにしよう。

「マカロンは……駄目そうです。果物は大丈夫そう！　あ、でもケーキに載《の》った果物は駄目ね」

「こちらはいかがですか？」

ティアラローズが判別していくと、今度はフィリーネがパンナコッタを用意してくれた。

「——パンナコッタは大丈夫だわ！」

「食べられるものがあってよかったです。フルーツゼリーはどうでしょう？」

パンナコッタを一口食べたティアラローズは、次にフルーツゼリーをもらう。こちらも、特に嫌《いや》な臭《にお》いはしない。

「……ゼリー系は問題ないみたいだわ」

それがわかっただけでも、今後のスイーツ生活に安心できる。

ある意味死活問題を乗り越えたティアラローズを見て、アカリはもしかしたら自分も同じようになるんだろうかと考える。

とはいえ、持ち前のポジティブさで大丈夫だろうと結論づけたけれど。

「悪阻って、大変なんですね……。何かあれば私もサポートしますから、いつでも呼んでくださいね！　ティアラ様!!」

「ありがとうございます、アカリ様」

「まあ。わたくしだって、なんでもサポートいたしますわ」

「オリヴィア様も、ありがとうございます。わたくし、とても友人に恵まれていますね」

これなら何があっても、乗り越えていけそうだとティアラローズは思う。

「無事に子どもが生まれたら、お礼にお茶会にご招待しますね。わたくしと、アカリ様と、オリヴィア様と、もちろんフィリーネも。四人で女子会をしましょう」

「わあ、いいですね！　賛成です!!」

すぐさまアカリが賛成し、ラピスラズリおすすめのお菓子を持ってきますねと言ってくれる。

「今から楽しみですわ。わたくしも、レヴィにとびきりのお菓子を作らせますから！」

オリヴィアも気合が入っている。

「わ、わたくしは……ええと、ですがご一緒してよろしいのでしょうか？」

最後に控えめに返事をしたのは、フィリーネだ。

確かに貴族ではあるが、ティアラローズの侍女だし男爵家の令嬢と身分は低い。給仕《きゅうじ》を……と言いかけたのを、全員が首を振る。

「フィリーネ、わたくしと一緒にお菓子を作りましょう？」

「わ、それは嬉しいです！」

「ふふ、決まりね」

もし生まれるのがお姫様だったら、女子会はもっと賑《にぎ》やかになるだろうと、四人で楽しく話した。


そして夜、ソファでくつろいでいる時間。ティアラローズは悪阻のことをアクアスティードに報告した。

すると、ひどく心配した様子で抱きしめられてしまう。

「食べられるものを知るのは大事かもしれないけれど、本当に……無理はしないで」

「もちろんです。それに、悪阻が治まれば大丈夫になるでしょうし……あら？　アクア様からクッキーの匂いがします」

「あ……！」

うっかりしていたと、アクアスティードが慌ててティアラローズから離れる。けれど、昼間のときのような不快さはない。

――なぜかしら？

「気持ち悪さはないですね……」

不思議に思いつつも、大丈夫そうだとティアラローズは告げる。

もしかしたら、悪阻が発生するには何か条件があるのかもしれない。アクアスティードはティアラローズの頰《ほお》を撫で、それから視線をそのお腹へと向けた。

悪阻が起きるのは、お腹に赤ちゃんがいるからだ。しかも、かなりの量の魔力《まりょく》を持っていることもわかっているので、なんらかの影響《えいきょう》を与えていると考えるのが妥当《だとう》だろう。

アクアスティードは安心させるように、優しくお腹に触れる。

「赤ちゃんの影響があるかもしれないな。魔力が母体に与える影響は、ティアラが思っている以上に大きいだろうから」

「お腹の赤ちゃんが……」

昼間のことを思い出すと、そういえばフィリーネのドレスの話で盛り上がり、ここ最近で一番テンションが高かったように思う。

もしかしたら、それが赤ちゃんに伝わっていつもと少し調子が変わってしまったのかもしれない。

そう言われてみると、なんだかしっくりくる。

「……赤ちゃんの魔力がわたくしに影響するように、わたくしの気持ちも赤ちゃんに影響するんですね」

「そのようだね。なら、たくさん愛情を注いであげないと」

「はい」

だからまずは、ティアラローズにキスをさせて――と。アクアスティードが優しくティアラローズの頬へと触れる。

「あ……っ」

「うん？　駄目？」

「だ、駄目ではないです」

ふるふる首を振って、けれど恥ずかしくて俯《うつむ》いてしまう。だってそんな、今からたっぷり愛情を注ぐなんて言われたら身構えてしまう。

だけど嫌じゃなくて――むしろ、嬉しくて。

――いっぱいキスをされてしまうのかしら。

そう思っていたら、「ティアラ」と優しく名前を呼ばれ、頭のてっぺんにキスをされてしまう。

「――――!」

「だって、ティアラがこっちを見てくれないから」

このまま頭にたくさんキスをしてしまおうかな、なんて言ってアクアスティードが笑う。

とはいえ、いつもしているのだけれど。

ティアラローズが顔を上げずにいると、アクアスティードはこめかみ、耳の近くと、いろいろなところにキスの雨を降らせてくる。

それがくすぐったくなってしまい、ティアラローズは顔を上げる。

「あ、やっと見てくれた」

「んっ!」

するとすぐに、唇《くちびる》に降ってくるキス。

「可愛いね、ティアラ。もっとたくさんしてもいい?」

くすくす笑いながら問いかけるアクアスティードに、どうしてこうも確認をしたがるのだろうと思う。

「あんまり意地悪しないでくださいませ」

ぷくっと頰を膨《ふく》らませてティアラローズが怒《おこ》ると、アクアスティードは「ごめんね?」

とまったく悪びれた様子なく言う。

「ティアラが可愛すぎて、どうしようもない」

「〰〰〰っ！」

そう言って、頬を膨らませたままのティアラローズにもう一度キスをした。


窓辺に置いてあるロッキングチェアに座り、膝にはブランケット。のんびり揺られながら、ティアラローズは絵本を読む。

椅子の周りには赤ちゃんが動かしているぬいぐるみたちもいて、ちょっとした読み聞かせ会のようになっていた。

「……こうして、その女の子は妖精たちと幸せに暮らしました」

ティアラローズが読み終わると、ぬいぐるみたちがポンポンポンと拍手を送ってくれる。

その姿が可愛くて、これならいくらでも読んであげられるとティアラローズは頬を緩める。まさか、ぬいぐるみが観客になってくれるなんて。

「楽しんでもらえたならよかったわ」

そう言って、優しくお腹を撫でる。

ちらりと時計に視線を向けると、ちょうど午後のお茶の時間になるところだった。赤ちゃんもそろそろお腹の中でお休みタイムかもしれないなとティアラローズは思う。

自分もこのまま一緒に寝《ね》てしまおうか、なんて考えていると——ぱっと部屋の中心が輝いて三人の妖精王が転移してきた。

「よお、ティアラ！　調子はどうだ？」

「お土産《みやげ》にお菓子を持ってきたよ」

「わらわはタピオカ苺《いちご》ミルクティーを持ってきたぞ！　これが絶品なのじゃ」

突然のことに驚くも、ティアラローズは微笑んでお礼を告げる。

「ありがとうございます、みな様。テーブルの用意をいたしますね」

実はティアラローズの体調が気になってしかたない、森の妖精王キース。

腰《こし》までの長い深緑の髪を一つにくくって前に流し、王の証《あかし》である金色の鋭《するど》い瞳は威圧《いあつ》と存在感がある。

俺様《おれさま》で好き勝手な性格だが、根は優しく面倒見《めんどうみ》もよかったりする。

絶賛タピオカにはまり中なのは、海の妖精王パール。

美しく整えられた白銀の髪と、金色の瞳。いくえにも重なる着物風のドレスは華麗《かれい》で、鮮《あざ》やかにパールを彩《いろど》る。

以前は周囲をあまり寄せつけなかったパールだが、今はティアラローズとも仲良くやっている。


さり気なくパールのエスコートをしているのは、空の妖精王クレイル。

空色の髪は綺麗に切りそろえられていて、同じように王の証である金色の瞳を持つ。

淡々《たんたん》として冷静なクレイルだが、男嫌《おとこぎら》いなパールを安心させるために女装をするといった一面も持っている。


ティアラローズはベルを鳴らしてメイドを呼び、テーブルのセッティングをお願いする。

フィリーネは結婚式の打ち合わせのため、今は不在だ。

用意している間、妖精王たちは感心したように動くぬいぐるみを見る。

キースはひょいっとねこのぬいぐるみを抱き上げて、腕を動かしたりして遊ぶ。それにぬいぐるみも反応を返すので、楽しいのだろう。

「器用なもんだな」

「本当にね。いったいどれほどすごい子が生まれてくるのか……」

クレイルもキースの持つぬいぐるみを見て、楽しみだと言う。

「まあ、マリンフォレストが安泰《あんたい》そうでよかったよ」

「そうじゃの。まだ生まれてはおらぬが、妖精たちも赤子が好きで仕方がないみたいじゃ」

パールはクレイルの言葉に頷きつつ、ティアラローズのお腹を見る。そこに新しい命が宿っていることが、実際目にしてみても不思議で仕方ないのかもしれない。

ティアラローズはパールの視線に気付いたのか、自分のお腹に触れる。

「触《さわ》ってみますか？　パール様」

「……！　よいのか？」

「はい」

やはり気になっていたらしいパールは、ティアラローズの提案にぱっと表情を明るくした。とても嬉しそうだ。

二人でソファに並んで座り、ティアラローズは「どうぞ」と微笑む。

パールはおそるおそるといった感じで、ゆっくりティアラローズのお腹へ触れる。もうだいぶ大きくなっているので、触ると赤ちゃんを感じることができる。

キースとクレイルも、興味深そうにパールの様子を見ている。

「わ、動いておる！」

「赤ちゃんがお腹を蹴《け》ったりするんですよ。最初はびっくりしたんですけど、慣れると嬉しいものです」

「なるほどの……」

思いのほか強く動く赤ちゃんに驚きつつも、パールは優しい笑みを浮かべてお腹を撫でる。

「はやく元気に生まれてくるのじゃぞ。そうしたら、わらわがとびきりの祝福を贈ってやろう」

「パール様……」

いくら自分たちに祝福を与えているとはいえ、彼女は妖精王だ。そう簡単に祝福を与えるとは思っていなかったので、ティアラローズは目を見開く。

すると、ぽんと頭の上にキースの手が置かれた。

「お前な、俺たちがそこまで薄情《はくじょう》に見えるのか？　ティアラの子なんだから、祝福くらいいつでも贈ってやる」

「私が祝福しているアクアスティードの子どもだし、この国の王位継承者《けいしょうしゃ》だからね」

「お二人まで……」

当然のように言う二人に、ティアラローズはじんわりとしたものが込み上げる。

隣国《りんごく》から嫁《とつ》いできた、しかも悪役令嬢の自分をこんなにも温かく迎えてもらえているなんて——と。

ゲームにばかりとらわれず、みんなと接してきてよかったと心から思う。

パールはそんなティアラローズを見て、くすりと笑う。

「そのためにも、まずは自分の体を一番に考えるのじゃぞ。そなたに何かあれば、アクアスティードも何をしでかすかわからぬしの」

「十分気を付けます」

すると、噂《うわさ》をしていたからか……アクアスティードがやってきた。

「王が三人揃っているとは、何かありましたか？」

「別に何もねぇよ。ティアラの様子を見に来ただけだからな！」

「……そうか。ありがとう」

思わず身構えてしまったアクアスティードも、理由を聞いて頬を緩める。妊娠しているティアラローズを気遣われたのが、嬉しかったのだろう。


アクアスティードも来たので、ゆっくりお茶をすることにした。

テーブルに並べられているのは、キースの持ってきた花の紅茶に、クレイルの焼き菓子。それからパールのタピオカ苺ミルクティーと、タピオカ入りパンナコッタだ。

とても華《はな》やかなテーブルに、ティアラローズはうっとりする。


今日は珍しい席順で、ティアラローズとパールが並んでソファに座り、その向かいにキースとクレイル。アクアスティードは一人掛《が》けのソファに腰を落ち着かせた。

いつもは必ず隣にアクアスティードがいるので、少し不思議な感じがする。けれど、パールと仲良くなれるのは嬉しい。

すると、ねこのぬいぐるみが動き出してアクアスティードの膝の上に座った。

「これは……一緒にお茶を楽しみたいのかな？」

赤ちゃんの取った行動に場が和《なご》む。

「パパの膝の上は、安心できますからね」

ティアラローズがそう言うと、からかうようにパールが反応する。

「なんじゃ、実体験かえ？」

「ち、ちが……っくはない……の……かもしれませんが……そうでは……なく……」

すぐに否定しようと口を開いたティアラローズだったが、よくよく考えればアクアスティードの膝の上に座らされることはとても多い。

ここで違うと言ったら、もしやアクアスティードの膝の上は安心できないと言っているようなものでは？　と、考えてしまった。

そうなると、アクアスティードを傷つけてしまう。

結果、そうではないと否定して、ティアラローズは自分はアクアスティードの膝の上が大好きだと言ってしまった。

——穴があったら入りたい……。

「墓穴《ぼけつ》を掘《ほ》っておるの」

ティアラローズを見て、パールがくすくす笑う。クレイルはやれやれといった感じで、キースはなんだか不機嫌《ふきげん》そうだ。

そして当のアクアスティードはといえば——

「安心できるから、ティアラもおいで？」

自分の両腕を広げて、座っていいよとくすくす笑っている。

「座りません……っ！」

みんなの前でそんなこと、できるわけがない。ティアラローズは真っ赤になった顔を手で隠《かく》し、小さくなる。

「まったく、ラブラブじゃの。今は赤子だけを膝に載せておくがいい」

「ええ」

パールはぬいぐるみを見て、それからティアラローズのお腹を見る。

「場を和ませるのが上手そうじゃの。生まれたら、わらわのとっておきのタピオカをプレゼントしてやろう」

そう言って、優しくティアラローズのお腹に触れた。

「パール様……ありがとうございます」

お礼を言うために、ティアラローズは隠していた顔を見せた。

「んむ」

自分の子ということもあり、きっと子どもはスイーツ好きになるだろうなとティアラローズは思う。

男の子でも女の子でも、一緒にお茶会をするのが今から楽しみだ。

――そのときは、今日と同じようにできたらいいわね。

ティアラローズがタピオカ入りのパンナコッタを手に取ると、「お勧めじゃ！」とパールが胸を張る。

「しかし珍しいの。おぬしは真っ先にケーキを食べるかと思ったが……」

「それが……実は、少し悪阻が出てしまうことがあるんです。落ち着いているときはいいのですが、わたくしと赤ちゃんの気分が盛り上がっていると……どうにも駄目なようで」

「……難儀《なんぎ》じゃの。まあ、それも生まれるまでの辛抱《しんぼう》か」

ゼリー系は問題ないことを伝えると、それならとパールがたくさんのパンナコッタをティアラローズの前に並べる。

「そんなに食べられませんよ!?」

「何、おぬしなら問題ないであろう」

「問題あります……」

スイーツならいくらでも食べられると思っているんじゃないだろうか……。

ティアラローズとパールがそんなやり取りをしていると、キースがくつくつ笑う。

「それなら、俺も今度ゼリーを持ってきてやるよ」

「……ありがとうございます」

この、素直に喜べない感じはなぜだろうか。

──絶対、大量のゼリーを持ってくるつもりだわ……。

からかわれているのがわかるので、ティアラローズは無表情で礼を述べる。すると、キースのツボに入ったのかさらに笑われてしまった。


しばらく雑談を楽しんでいると、きゃらきゃら楽しそうに妖精たちがやってきた。

『遊びに来ちゃった～！』

『あ！　王様たちもいる！』

『パール様～！』

やってきたのは、森、空、海の妖精たちだ。海の妖精は人魚で飛べないため、森と空の妖精が抱えている。

海の妖精を見たパールは、すぐお皿に水を入れた。

『ありがとうございますー！』

『さすがパール様！』

水の張られたお皿に移った海の妖精たちは、拍手をしてパールを褒《ほ》める。

空の妖精たちは空《あ》いているソファにお行儀《ぎょうぎ》よく座り、小さなティーカップを取り出して自分たちもお茶を飲みだした。

森の妖精たちは、楽しそうに飛び回っている。

――性格の差かしら？

いつも森の妖精たちばかりと一緒にいるので、空と海の妖精の行動がとても新鮮に映る。

森の妖精たちは自由で、ねこのぬいぐるみとじゃれ始めた。どうやら、こちらは子守《こも》りをしてくれているみたいだ。

――みんな可愛い。

そう思ったのはティアラローズだけではなかったようで、部屋にあったほかのぬいぐるみたちも動き出した。

くるくる回り、ダンスを踊りだす。

『わー！　すごいー!!』

『一緒に踊っちゃおう～』

『じゃあ私は歌う～ららら～♪』

楽しそうに遊び始めたぬいぐるみと妖精たちに、ティアラローズのテンションがあがる。

すると、ケーキの匂いで少しだけ気持ちがわるくなってきた。

——ああっ、あまりにも可愛すぎるから……！

興奮が止められなかったと、ティアラローズは恥ずかしくて両手でにやけ気味の口元を隠す。

これはすぐに換気《かんき》した方がいいだろう。

「少し窓を開けて換気いたしますね」

少し暑くなってしまったし、と。

ティアラローズがソファから立つと、ずっと座っていたからか、くらりと立《た》ち眩《くら》みに襲われる。

あ——いけない。

そう思ったときには、体がぐらりと揺れて、倒《たお》れそうになってしまう。

すぐにアクアスティードたちも気付いたが、ソファに座っていたためどうしてもティアラローズが倒れる方が先だ。

衝撃に備えてティアラローズはぎゅっと目をつぶったが——ふわりと受け止められた。

「え……？」

目を開けてみると、視界に映るのは天井《てんじょう》。そして駆けつけてくれたアクアスティードとキースだ。

クレイルとパールは、心配そうにソファから立ち上がってこちらを見ている。

「ティアラ、大丈夫？」

「はい……でも、わたくしどうして？　――あ」

アクアスティードに抱き起されてすぐ、自分のことを支えてくれていたたくさんのぬいぐるみに気付く。

ぬいぐるみたちのおかげで、怪我《けが》をしなかったようだ。

――赤ちゃんが、わたくしを助けてくれたの？

「ありがとう」

ティアラローズはお腹にお礼を言って、ぬいぐるみを撫でる。

「わたくしが守ってあげないといけないのに、逆に守られてしまうなんて……」

母親失格かしら。そう言おうとしたら、アクアスティードに「そんなことはない」と先手を打たれてしまう。

「みんなティアラのことが大好きだから、助けたいんだよ。この子もね」

「アクア様……」

だから気にすることはないと、そう言ってくれる。

「でも、立ち眩みは怖いからね……。次からはゆっくり立ち上がろうか」

「はい」

ティアラローズが頷くと、パールが換気のために窓を開けてくれた。

「今はわらわたちがいるのじゃから、もっと頼ってよいのだぞ？　おぬし一人を運ぶくらい、容易《たやす》いからの」

「パール様……ありがとうございます」

妖精王に願い事をするなんて恐《おそ》れ多《おお》いと思っていたが、そう言ってくれるなら次は素直に甘えようとティアラローズは思う。

「なんなら、生まれるまで俺の城に来るか？　快適だぞ」

「ティアラの隣には私がいるからそれは不要だ」

「ったく、冗談《じょうだん》だっつの」

「どうだか」

キースの誘《さそ》いは、アクアスティードがすぐさま却下《きゃっか》する。

若干《じゃっかん》火花が飛んでいるような気がしなくもないが、これでいて二人はなかなか気が合う部分もあるのだ。

「それにしても、倒れたティアラローズを支えるとは……すごいぬいぐるみ——いや、魔力か」

クレイルはティアラローズのお腹を見て、出産が大変そうだなと思う。

「今日は楽しくて、はしゃぎすぎてしまったからだと思います。今後は気を付けますね」

「ああ。ティアラローズに何かあったら、アクアスティードが暴れるからね」

だから気を付けてと、クレイルが言う。

「さて……これ以上はティアラローズの負担になるかもしれないから、私たちはここでお暇《いとま》しようか」

「そうだな。にしても、生まれてくる子どもが末恐《すえおそ》ろしいな」

楽しみだと、キースがくつくつ笑う。

それにはクレイルとパールも同意のようで、頷いた。

「それじゃあ、私たちはこれで帰るよ。またね、アクアスティード」

「……同性の方が何かあったとき相談しやすいじゃろうから、困ったことがあればいつでもわらわを呼ぶとよい」

「城にいるのが疲《つか》れたら、いつでも俺のところに来い」

一言ずつ残し、クレイル、パール、キースの三人は転移で帰っていった。

「……ティアラは少し寝ていようか」

妖精王たちを見送ると、ティアラローズはアクアスティードにベッドまで運ばれてしまった。そのままブランケットをかけられて、頭を撫でられる。

確かに少し疲れたので、素直に頷いた。

見るとぬいぐるみたちも動かなくなっているので、お腹の赤ちゃんもお昼寝を始めたのかもしれない。

ティアラローズはアクアスティードの袖口《そでぐち》を摑《つか》んで、「お仕事ですか？」と問いかける。

「うん。まだ書類が残っているからね」

「……アクア様も、あまり無理をなさらないでくださいね？」

今はティアラローズがほとんど仕事をしていないので、アクアスティードの負担も以前より少し増えた。

そのことが心配なのだが、アクアスティードはまったく問題ないと言う。

「ティアラのためなら、どんなことでもできそうだ。だから、少しだけ補充《ほじゅう》」

「あ……んっ」

そう言ったアクアスティードに優しく口づけをされるけれど、補充しているのはティアラローズも一緒だ。

しばしの間、二人きりの時間を堪能《たんのう》した。

第三章 エリオットとフィリーネの結婚式

フィリーネの結婚式の準備も順調に進み、式まであと少し……というところで、彼女《かのじょ》の弟のアランがラピスラズリ王国からほかの家族よりも一足先にやって来た。

「アラン！　よく来ましたね。道中、問題ありませんでしたか？」

「はい。とても快適な馬車の旅でしたよ」

笑顔《えがお》で答えたのは、フィリーネの弟のアラン・サンフィスト。

黄緑色の髪《かみ》はフィリーネと一緒《いっしょ》で、面持《おもも》ちも優《やさ》しげだ。六人兄弟の長男で、年はフィリーネより五歳《さい》下の十六歳。

ティアラローズとエリオットに出資してもらって、ラピスラズリで庶民《しょみん》向けのスイーツ店を経営している。業績は右肩《みぎかた》上がりで、好調だ。

フィリーネが紅茶を用意し終わると、ちょうどティアラローズとアクアスティードがやってきた。

「アクアスティード陛下《へいか》、ティアラローズ様、ご無沙汰《ぶさた》しております」

「よくきたね、アラン。ゆっくり滞在《たいざい》していってくれ」

「いらっしゃい。会えるのを楽しみにしていたわ」

先の帰省時に会う予定だったのだが……ティアラローズの妊娠《にんしん》が発覚したり、赤ちゃんの魔力《まりょく》が大きすぎるという問題が発生した。そのため、慌《あわ》ただしくて時間を取ることができなかったのだ。

本当なら、スイーツ店の打ち合わせだってしたかったというのに。新作のレシピなどをフィリーネ経由で渡《わた》すだけにとどまった。

「スイーツ店のこと、今までゆっくり話す時間がなくてごめんなさいね」

「いえ、ティアラローズ様のお体が一番大事ですから。元気な赤ちゃんが誕生するのを楽しみにしています」

「ありがとう」

挨拶《あいさつ》して席に着いて、久しぶりの会話を楽しむ。

フィリーネも実家に帰省することはほとんどないので、こうしてアランと会えるのが楽しそうだ。

弟や妹たちの話を聞いて、嬉《うれ》しそうにしている。

アランは一通り家のことを話し終えると、「実は」とフィリーネを見た。

「どうしたの？」

「……その、フィリーネ姉様にお願いがあって」

「わたくしにですか？」

いつになく真剣《しんけん》な様子のアランに、フィリーネは心配そうな瞳《ひとみ》を向ける。楽しく話してくれてはいたけれど、もしかしたら家で何かトラブルがあったのかもしれない。

フィリーネが頷《うなず》いたのを見て、アランは続きを口にする。

「結婚式のウエディングケーキ、私に作らせていただけませんか？」

「え？」

深刻な内容かと思っていたフィリーネは、口を開けてぽかんとする。

「ティアラローズ様とエリオットさんに出資していただいた私のお菓子《かし》ブランド……『フラワーシュガー』で作らせてほしいんです!!」

「ケーキ、ですか……」

この世界では聖堂で結婚式を挙げるというのが一般的《いっぱんてき》で、ウエディングケーキを作るという風習はない。

そのため、フィリーネはなぜケーキを？　と、不思議に思ったようだ。

「ラピスラズリでは、結婚式にウエディングケーキを食べるというのが流行《はや》っているんですよ。結婚式は特別なケーキを……って豪華《ごうか》なケーキの告知が大成功しまして」

「そうなの？　それくらいなら構わないけれど……」

アランとしても、自分がこうして立派に事業を行っているということを示してフィリーネに安心してほしいのだろう。

断る理由はないので、フィリーネはすぐに了承《りょうしょう》した。

しかしここで待ったをかけたのはティアラローズだ。

「アラン様、黙《だま》って聞いているわけにはいかないわ」

「ティアラローズ様？」

いくら姉の結婚式のウエディングケーキとはいえ、嫁《とつ》ぎ先《さき》はマリンフォレストの貴族であるエリオットだ。

もしかしたら、自分がケーキを作ることをよしとしないのかもしれないとアランは不安に思う。

「もちろん、わたくしも一役買わせていただきます！　フィリーネのために、最高のウエディングケーキを作りましょう！」

「ティアラローズ様……」

想像していたものとは違《ちが》う返しに、アランはぽかんと口を開く。

そしてすぐ、ああ、この人はスイーツと姉のことが大好きなティアラローズだったということを思い出す。

それは、最高のケーキを作りたいと思ってくれるはずだ。

「もちろんです！　ティアラローズ様が一緒なら、世界で一番素敵《すてき》なケーキを作ることができそうです」

ぐっと拳《こぶし》を握《にぎ》るアランに、ティアラローズは何度も頷く。

しかし一つ問題がある。

それは、ティアラローズの体調に関して。悪阻《つわり》はそこまで重くはないけれど、万全《ばんぜん》かと言われるとそうではない。

ティアラローズは隣《となり》に座《すわ》るアクアスティードに視線を向けて、様子を窺《うかが》う。どうか許しをいただけないだろうか、と。

「フィリーネの結婚式は出産予定日の一ヶ月前だから、本当なら絶対に安静にしていてほしいんだけど……」

「そう……ですよね」

アクアスティードの言葉に、ティアラローズはとたんにしょんぼりする。

大人しくしていてほしいことはとてもよくわかるし、ティアラローズも初めての出産なので臨月になって無理をしたいとは思っていない。

アクアスティードもティアラローズがフィリーネを大切にしていることは知っているし、

その気持ちもよくわかる。

妊娠していなかったら、アクアスティードも問題なく許可を出してくれただろう。

アクアスティードは悩《なや》みつつも、結論を出す。

「……無理をせず、作業はすべて料理人に任せる……という約束をしてくれたら、許可するよ。ティアラの意思も尊重したいけど、私はティアラの体調が一番だから。……ごめんね？」

「アクア様……。いいえ、ありがとうございます！」

フィリーネのウエディングケーキが作れることに、ティアラローズは瞳を輝《かがや》かせる。その笑顔がとても可愛《かわい》らしくて、いつもアクアスティードは甘《あま》やかしてしまうのだ。

しかし――向かいに座っていたフィリーネから待ったがかかってしまった。

「ティアラローズ様のお気持ちはとても、とっても嬉しいですが！　さすがに出産予定日の一ヶ月前にそれはおやめくださいませ」

「で、でも！　アクア様は許可してくださいましたし……」

「無理をして、お体に何かあったらどうするのですか。わたくし、それでは安心して結婚《けっこん》ができません」

「フィリーネ……」

自分を気遣《きづか》う優しさに、ティアラローズは言葉を詰《つ》まらせる。

確かに、自分が無理をして何かあった場合、周囲に多大な迷惑《めいわく》がかかる。さらに、フィリーネはそれが己《おのれ》のせいだと悔《く》やむだろう。

——でも、わたくしもフィリーネのケーキが作りたい。

どうするのがいいかティアラローズが悩んでいると、アランが代替案《だいたいあん》を考えてくれた。

「でしたら、ティアラローズ様が食材を選びケーキのデザイン画を描《えが》かれたらいかがですか？　私が、それを元にレシピを考え実物を作ってみせますから」

それだけなら座ったまま作業ができるし、作業量も多くはない。

しかも、出来上がるケーキをわくわくしながら待つという楽しみまでついてくる。なんてナイスなアイデアなのだと、ティアラローズは心の中で拍手《はくしゅ》の嵐《あらし》だ。

「そうします！　それなら構わない？　フィリーネ」

ティアラローズが嬉しそうに問いかけると、フィリーネはその勢いに少し押《お》されてしまう。

だってそれは仕方がない。

フィリーネはティアラローズのことが大好きで、小さなころから仕えていて……。そんな相手が、自分のことを祝いたいと言ってくれているのだから。

「……わかりました。ですが、デザイン画を考えるのは体調のいいときにしてくださいませね？」

「ええ、もちろんよ。フィリーネに心配されるようなことはしないわ」

ティアラローズはフィリーネを見て、「約束するわ」と微笑《ほほえ》んだ。


それからは、体調のいい日にフィリーネのウエディングケーキの詳細《しょうさい》を詰めていった。

しかし、デザイン画にそこまで悩むことはなかった。せっかくなので、ドレスのデザインと合わせることにしたからだ。

ドレスは花柄《はながら》の総レースなので、それに合わせてケーキは生クリームでレースのようなデコレーションにする。

「ケーキに使う果物は何にしようかしら。苺《いちご》は絶対にいれたいから、それ以外は……ん～」

苺だけを贅沢《ぜいたく》に使う、というのも捨てがたいなとティアラローズは思う。

けれど、レースのようなデザインにするのであれば、生クリームを目立たせるためケーキの上の果物は少なめにするというのもありだ。

その代わり、スポンジの中にたっぷり果物を入れておく。

「……いい、いいわね！」

ティアラローズの脳内でどんどんケーキのデザインができ上がっていき、それを紙に描き起こしていく。

　ケーキは三段にして、一番下の段は台座に苺を飾《かざ》り、生クリームでレースのデコレーションをする。

　二段目は、苺にチョコレートで顔を描き、妖精《ようせい》に見立てたデコレーションを作る。

　一番上の段には、苺をカットして薔薇《ばら》の花をかたどり、ホワイトチョコレートをレース状に固めたものをヴェールのようにかぶせる。

「……かなり難しいデザインになってしまったわ」

　自分で考えておいてなんだが、本当に大丈夫《だいじょうぶ》だろうかと不安になってしまう。もう少し控《ひか》えめのデザインがいいだろうか？

　生クリームはいいけれど、ホワイトチョコレートの細工は慣れていないとなかなか難しいだろう。しかも、それをヴェールのようにかけるのだからなおさら……。

　一人で考えていても仕方がない。これは明日、アランと相談して決めればいい。


　時計を確認《かくにん》すると、夜の十時を過ぎていた。

「そろそろ寝《ね》ないといけない時間ね……」

　妊娠してからは、夜更《よふ》かしをするとアクアスティードに叱《しか》られてしまう。当のアクアスティードは、まだ帰ってきていないけれど。

ティアラローズはベッドに横になり、ゆっくり深呼吸してリラックスする。お腹《なか》を優しく撫《な》でて、赤ちゃんが安心して眠《ねむ》れるように歌をうたう。

「花のゆりかごを揺《ゆ》らして、いい子いい子にお眠りなさい♪　森の妖精が葉の布団《ふとん》をかけ、海の妖精は珊瑚《さんご》の楽器で子守《こも》りの音色を、空の妖精は安心できる夜の時間の訪《おとず》れを～♪」

子守り歌をうたう機会なんて、妊娠するまではほとんどなかった。最近はマリンフォレストの子守り歌を教えてもらったので、それをうたうことが多い。

妖精たちが子どもを寝かしつける歌で、マリンフォレストで暮らす人なら誰《だれ》でも知っている子守り歌。

ティアラローズがうたい終わると、拍手が耳に届いた。

「え？」

「その子守り歌、懐《なつ》かしいな」

「アクア様！　いつ帰っていらしたんですか……まったく気付かなかったです……」

見られていたなんて恥《は》ずかしいと、ティアラローズは布団の中に潜《もぐ》り込《こ》む。

「ティアラの歌声なら、ずっと聞いていたいくらいだ。この子のためだけじゃなくて、私のためにもうたってくれる？」

そう言って、アクアスティードもティアラローズを追いかけて布団の中へ潜り込んできた。

そのまま優しく抱《だ》きしめられて、「駄目《だめ》？」と耳元で囁《ささや》かれてしまう。

「駄目……では、ありません」

そう言って、ティアラローズはアクアスティードにぎゅっと抱きつく。すると、ふわりとシャンプーの香《かお》りがした。

「ですが、アクア様の子守り歌も聞いてみたいです」

「私の？」

ティアラローズの言葉に、アクアスティードはそういえば歌をうたう機会なんてほとんどなかったなと思う。

それこそ、小さなころ母と一緒にうたったくらいだろうか。

「……それなら、一緒にうたおうか」

「一緒に、ですか？」

「うん。この子が生まれたら、一緒にうたってあげよう？」

アクアスティードの提案に、ティアラローズは「いいですね！」と笑顔で頷く。二人でうたえば、きっと赤ちゃんも安心してくれるだろう。

——生まれてからの楽しみが、また一つ増えたわ。

早く会いたい。

そう思いながら、ティアラローズはアクアスティードと一緒に眠りについた。

フィリーネの結婚式まであと一週間、準備は着々と進んでいた。

今日は王城にティアラローズ、アカリ、オリヴィア、アランの四人で集まって、ウエディングドレスとケーキの最終確認だ。

フィリーネはエリオットとともに、最終の打ち合わせをしているためこの場には不在。


「見てくださいませ！　この美しい仕上がりを……っ！」

ばーんとオリヴィアが手にしたのは、総レースの美しいウエディングドレス。

レース部分が花柄に編まれ、首元はシースルーになっていて色気も兼《か》ね備《そな》えている。デザインを揃《そろ》えたアクセサリーとティアラも用意できて、あとは本番を待つばかり。

「あぁぁもう、最高です！　オリヴィア様!!」

アカリが手放しで喜び、早く当日にならないかなとにまにましている。

「これならエリオットもイチコロですね！」

「アカリ様！　アラン様の前でなんてことを言うのですかっ!!」

はしたないですよと、アカリの言葉にティアラローズが慌てて注意する。アランは、顔を赤くしつつも「大丈夫ですよ」と首を振《ふ》った。

「あ、ごめんなさーい！　えへへっ」

可愛くペロッと舌を出して笑うアカリに、絶対に反省していないとティアラローズはため息をつく。

ドレスの仕上がりは問題ないので、ケーキの確認に移る。

「アラン様、ケーキはいかがですか？」

「はい！　最高のものができましたよ!!　試食をお願いいたします」

合図をすると、メイドが数人がかりでウエディングケーキを載《の》せたワゴンを押してやってきた。

一メートルほどの高さがあって、とても迫力《はくりょく》がある。けれど、ケーキ自体は繊細《せんさい》で華やかなデザインに仕上がっている。

生クリームはなめらかで、見ただけでその舌触《したざわ》りの柔《やわ》らかさがわかる。レースのデザインも丁寧《ていねい》に作られていて、アランがケーキのことをどれだけ勉強しているかがよくわかる。

遠くから眺《なが》めても、近くで見ても、違った変化を楽しむことができるだろう。

「デザイン画の通りにできたと思うのですが、いかがですか？　ティアラローズ様」

「アラン様……とても素敵な仕上がりです。チョコレートも綺麗に作られているし、生クリームで描かれたレースはわたくしが想像していた以上に繊細です」

問題なしだと、ティアラローズは判断する。

「よかった……！　ありがとうございます、ティアラローズ様!!」

「こちらこそありがとうございます。アラン様のケーキは、本当に素晴《すば》らしいわ」

しかしその豪華なウエディングケーキを見たからか、ティアラローズにうっと気持ち悪い感じのものが込《こ》み上《あ》げてくる。悪阻だ。

「ティアラローズ様！　アカリ様、窓を開けてくださいませ！」

「は、はいっ!!」

すぐにオリヴィアがティアラローズを支えて、背中をさする。指示を出されたアカリは窓まで走った。

アランはどうしたらいいかわからず、心配そうにオロオロしている。

ティアラローズはといえば、せっかく完成したケーキをお披露目《ひろめ》してくれたというのに迷惑をかけてしまったと自己嫌悪《けんお》に陥る。

「大丈夫ですか？　ティアラ様」

「すみません……。ちょっと悪阻が出てしまったみたいで」

しょんぼりしつつ、しばらくすれば落ち着くからと微笑む。

「ごめんなさい、アラン様。びっくりさせてしまったでしょう？」

「あ……いいえ。何もお力になれず、すみません。母が悪阻に苦しんでいるのは見たことがあるのですが、そのときもどうしたらいいかわからなくて……」

男として不甲斐《ふがい》ないですと、アランが言う。

けれど、それをすぐにオリヴィアが否定する。

「そんなことありませんわ、アラン様。殿方《とのがた》は、奥様《おくさま》の心配をして側《そば》についていればいいのです。背中をさすってあげたり、要望を聞いてあげたり。きっと、それだけで心強いはずですから」

一緒にいるだけでもいいというオリヴィアの言葉に、確かにアクアスティードが側にいてくれたら、それだけで気持ちが楽になるなとティアラローズは思う。

アカリも頷いて、「病気のときに一人が寂《さび》しいのと一緒ですよ～」と言っている。

「はい。忘れないよう、心に刻んでおきます！」

「アラン様はいい旦那《だんな》様になりそうですね！　年齢的《ねんれいてき》にも、婚約者《こんやくしゃ》がいてもおかしくないですもんね」

「あー……そうですね」

アカリの言葉にアランは苦笑《くしょう》して、「話はいただくんですが……」と呟《つぶや》く。

「何か婚約したくない理由でもあるんですか？」

「……今は、スイーツ事業が楽しくて。自分の婚約とか、あまり考えられないんですよね。学園に在学中のときは、まあ……お金もない男爵家《だんしゃくけ》の長男ですから、いい婚約話もなくて」

事業が軌道《きどう》に乗った今は、婚約の申し入れも何件かあったのだという。けれど、どうしても事業を優先したくて、アランは乗り気になれないらしい。

ティアラローズ、アカリ、オリヴィアの三人は揃ってうぅ～んと悩む。

正直、日本の実情を知っていると……男性がアランの年齢で結婚は早いよね、とも思ってしまうのだ。

とはいえ、ティアラローズとアクアスティードは十七歳で結婚をしたが……。

オリヴィアは「別にいいと思いますわ」と静かに告げる。

「アラン様の価値は、これからどんどん上がっていきますもの。だから今は慌てず、しっかりご自身の望まれることをするのがいいと思いますわ」

「オリヴィア様……ありがとうございます。少し気持ちが楽になりました」

しばらくは事業のことだけに専念しますと、アランがいい顔で返事をした。

ティアラローズは自分が最初に事業を提案したこともあり、それがアランの結婚の足かせになっているのではと心配したが、どうやら余計なお世話だったようだ。

――アラン様が楽しそうでよかった。

「さて……ティアラローズ様のお加減も大丈夫なようですから、私は失礼いたしますね」

「えっ、まだケーキを食べてないですよ!?」

アランの言葉に、アカリが待って待ってと焦《あせ》る。それをオリヴィアが呆《あき》れた目で見ているが、「だって～」とアカリは子犬のようにしゅんとなった。

「味は私が太鼓判《たいこばん》を押しますから、ぜひ本番で食べてください。ただ、もう少しだけ改良したくなったんです」

アランは「申し訳ありません」と苦笑する。

「改良、ですか？」

ティアラローズが何か問題があったのだろうかとケーキを見ると、アランが「いけません」とケーキを下げさせる。

「もっと気持ち悪くなってしまったらどうするのですか。今はまだ、お待ちください」

「……そうね。ありがとう、アラン様」

さすがにこれ以上体調をくずしてしまっては、アランに迷惑をかけてしまう。

アランはケーキが下がったのを見て、改めて口を開く。

「ティアラローズ様のデザインに、私が手を加えることを許していただけますか？」

「もちろんです。式の当日を楽しみにしていますね」

「はい！　では、私はここで失礼いたします」

アランは丁寧に腰《こし》を折り、退室した。

――いったいどんなケーキになるのかしら。

食べてはいないが、見ただけでとても完成度の高いウエディングケーキだということはわかった。

苺の品質もとてもよく、生クリームもとても美味《おい》しそうに作られていた。

けれど、アランが姉であるフィリーネのために改良したいと思ったのならば、きっともっといいものができ上がるだろう。


そして、結婚式当日。

フィリーネとエリオットの結婚式が執《と》り行《おこな》われるのは、小さな聖堂。

二人ともそこまで懇意《こんい》にしている貴族はいないので、招待客もそう多くはない。

ティアラローズたちいつものメンバーに、アカリ、オリヴィア。二人の両親と同僚《どうりょう》と、何人かの友人だ。

ティアラローズたちは参列者席に座り、今か今かと開始を待っている。それを見たアクアスティードが、「落ち着いて」と笑う。

「なんだかとても緊張《きんちょう》してしまって……早くフィリーネの晴れ姿が見たいです」

「そうだね、私もエリオットが身を固めてくれて嬉しいよ。なんとも感慨深《かんがいぶか》いな……」

そう言って、アクアスティードはティアラローズの腰に手を回して軽く抱き寄せる。

フィリーネとエリオットの結婚は、ティアラローズとアクアスティードが結ばれなかったらあり得なかっただろう。

ティアラローズが悪役令嬢《れいじょう》で、ハルトナイツに婚約を破棄《はき》され、なおかつアクアスティードに求婚《きゅうこん》されるというイレギュラーがなければ叶《かな》わなかったもの。

でなければ、フィリーネは今頃《いまごろ》ルーカスと無理やり結婚させられていたかもしれない。

いくえにも重なった運命のようなものは、まるで奇跡《きせき》だ。

——悪役令嬢でよかった。

ティアラローズが悪役令嬢だったからこそ、結ばれた二人なのかもしれない。そう思うと、まだ式が始まっていないのに感極《かんきわ》まってしまう。

「あー！　もう、駄目ですよ泣いたら。まだ式が始まってないんですから」

右隣《みぎどなり》に座っていたアカリが、ハンカチでティアラローズの目元を拭《ふ》いてくれる。アクアスティードも驚《おどろ》きつつ、優しくティアラローズの背中をさすってくれた。

「泣き顔で迎《むか》えたら、フィリーネに心配をかけてしまうよ」

「そうですね……。ありがとうございます、アクア様、アカリ様」

ティアラローズが笑顔を見せると、アカリが赤くなってしまった目元に手を当てて治癒《ちゆ》魔法《まほう》を使ってくれた。

「ん、これでばっちりですね！」

「ありがとうございます」

今更《いまさら》ながら泣いてしまったことが恥ずかしくなってしまい、ティアラローズは照れた笑《え》みを浮《う》かべてお礼を告げた。

天井《てんじょう》にある窓のステンドグラスから光が差《さ》し込《こ》み、厳《おごそ》かな音楽が聖堂に流れる。新郎《しんろう》新婦《しんぷ》入場の合図だ。

二つある聖堂の扉《とびら》から、それぞれフィリーネとエリオットが姿を見せる。

純白のドレスに身を包み、青のブーケを手にしたフィリーネ。

きめ細かな総レースのウエディングドレスは、純粋《じゅんすい》なフィリーネを神聖に見せる。ロングトレーンがサムシングブルーのバージンロードによく映《は》える。

フィリーネとデザインを揃えたタキシードに身を包む、エリオット。緊張しているかと思ったが、凛々《りり》しく、とても落ち着いた雰囲気《ふんいき》を纏《まと》っていた。

バージンロードが交差する地点まで歩むと、フィリーネに笑顔を見せてエスコートする。

「わあ……っ」

ふたたび感極まって、ティアラローズの瞳に涙《なみだ》が溢《あふ》れる。

フィリーネだってティアラローズの結婚式では嬉しさで号泣《ごうきゅう》していたから、きっとこの気持ちをわかってくれるだろう。

ハンカチで目元を押さえながら、二人の式を見守る。

ブルーのバージンロードは、二人の道が交わると白へと変わる。これからの人生を、二人の色で染めていく……という想《おも》いが込められている。

神父が祝福の言葉を唱えると、新郎から新婦へ指輪の誓《ちか》いだ。

この世界では、結婚指輪の交換《こうかん》は行われない。

新郎が指輪に魔力を込めて贈《おく》り、新婦は自分の魔力をお返しするのだ。生涯《しょうがい》、貴方《あなた》とともにいます……と。

上辺だけの誓いの言葉よりも、ずっと深いところで繋《つな》がることができる。

エリオットはフィリーネの前に跪《ひざまず》いて、左手の薬指に指輪をはめる。そして優しく口づけをして、愛を誓う。

「フィリーネ。生涯ずっと貴女《あなた》を愛し、守ります」

「……はい。生涯ずっと貴方を愛し、隣で支えます」

フィリーネがエリオットの額に口づけをして、魔力を刻む。これで、二人は正真正銘《しょうしんしょうめい》の夫婦《ふうふ》となった。

エリオットは立ち上がって、照れた笑みを浮かべる。

今まで凛々しい表情だったのは、どうやら緊張がてっぺんを通《とお》り越《こ》してしまっていたからのようだ。

「やっぱり、フィリーネと一緒にいると落ち着きます」

「エリオットったら……」

フィリーネはくすくす笑って、目を閉じる。

エリオットはフィリーネのヴェールに触《ふ》れて、丁寧にあげる。ヴェールの下のフィリーネの顔は赤く色づき、ほんのり涙ぐんでいた。

ああ、美しい――。

見惚《みほ》れてしまい、エリオットの時が一瞬《いっしゅん》だけ止まる。

「……っ、フィリーネ」

ゆっくり、宝物に触れるように。

けれど止められない恋心《こいごころ》のような熱も、エリオットの中にあった。見つめ合ったのはきっと、数秒、いや、もっと短かったかもしれない。

気付けばどうしようもないほど焦《こ》がれて、フィリーネに口づけていたから。

エリオットとフィリーネのキスの瞬間、参列者から祝福の拍手が沸《わ》き起《お》こった。

新たな夫婦に幸《さち》あらんことを――と。


聖堂での式が終わったあとは、披露宴《ひろうえん》が行われた。

とはいっても、食事を楽しむだけのもので、日本のように盛大《せいだい》に行うものではない。

メインはもちろん、ティアラローズが考案しアランが作り上げたウエディングケーキだ。

「わあぁ」

ティアラローズは改良されたウエディングケーキを見て、感嘆《かんたん》の声をあげる。

基本的な部分は同じだが、土台の周囲のデザインが少しだけ変わっていた。

丸いゼリーの中に、薔薇の形にカットされた苺がくわえられていたのだ。確かに、苺だけよりずっと華《はな》やかになって、美しい。

隣にいたアカリとオリヴィアも、出てきたケーキに瞳を輝かせている。

「わー素敵！　早く食べたい～！」

「アラン様のフィリーネ様への思いと、ティアラローズ様への思いがたくさん詰まったウエディングケーキですわ！」

オリヴィアの言葉を聞き、アランが自分を気遣って苺のゼリー包みを用意してくれたことに気付く。

——悪阻のときは、わたくしがゼリー系しか食べられないって言ったから。

だからウエディングケーキにゼリーを加えてくれたのだろう。

完成したケーキから改良を加えるのは、きっと大変だったはずだ。ティアラローズはアランの気遣いが嬉しくて、また涙目《なみだめ》になる。

「今日はもう涙腺《るいせん》が緩《ゆる》いです……」

すると、すぐにアクアスティードが寄《よ》り添《そ》ってくれる。

「大丈夫だよ、ティアラ。一緒にケーキをいただこう？」

「……はいっ」

ケーキの部分は少しだけにして、ゼリーをいただく。

今日も悪阻が酷《ひど》いかと心配していたが、泣いたぶん少し落ち着いているようだ。体調はいい。

苺のゼリー包みは、美しくて食べるのが勿体《もったい》ないと思ってしまう。

甘い苺の香りと、みずみずしいゼリーの触感《しょっかん》。最初にお菓子作りを教えてから、アランは随分《ずいぶん》腕《うで》を上げたものだと感心する。

「美味しい……！」

ティアラローズが満面の笑みで食べると、じっとアクアスティードが見つめてくる。

「あ、アクア様？」

「いや……幸せそうに食べて、可愛いなと思って」

言われた瞬間《しゅんかん》、ぼんっとティアラローズが赤くなる。

「そんなことを言われたら食べづらいじゃないですか……」

「ごめんごめん、ついね」

気にせず食べてと言うアクアスティードに、気にしますとティアラローズは熱くなってしまった頰《ほお》を手で扇《あお》ぐ。

「美味しいですから、アクア様も召《め》し上《あ》がってみてください。アラン様が最後の最後まで改良を重ねてくださったケーキですから」

「そうだね」

アクアスティードと一緒にケーキを堪能《たんのう》していると、フィリーネとエリオットがやってきた。

「フィリーネ、エリオット！　結婚おめでとう」

「おめでとう、二人とも」

ティアラローズとアクアスティードが祝いの言葉を述べると、二人は嬉しそうに「ありがとうございます」と笑顔を見せる。

「これからもエリオットと二人、ティアラローズ様とアクアスティード陛下に誠心誠意仕えてまいります」

「フィリーネとこうして巡《めぐ》り合《あ》えたのも、アクアスティード様あってのことですから」

「もう、結婚式の日にまでわたくしたちを気遣わなくていいのに……」

「いいえ。わたくしにとって、ティアラローズ様はとても大切な存在ですから」

目に涙を浮かべながら告げるフィリーネに、ティアラローズもつられてしまう。せっかくケーキを食べて涙を引《ひ》っ込《こ》めたというのに。

そんな二人を見ていたアカリが、「ほらほら笑いましょう！」と話に入ってくる。

「今日のフィリーネは世界一幸せな花嫁《はなよめ》なんだから！」

「そうね。フィリーネの笑顔は世界一だもの」

アカリとティアラローズに言われて、フィリーネは頷いて笑顔を見せた。

「はい。ありがとうございます、ティアラローズ様、アカリ様！」

第四章

ママとパパになりました

フィリーネの結婚式《けっこんしき》から一ヶ月が経《た》ち、ティアラローズの周りは落ち着きを見せる——どころか、出産まであと少しということで慌《あわ》ただしい日々が続いていた。

エリオットがもらった屋敷《やしき》は手入れや家具の搬入《はんにゅう》も終わったのだが、いつティアラローズの陣痛《じんつう》が始まるかわからない……ということで、フィリーネは今も王城にある自室で暮らしている。

これでいいのだろうかと心配になるティアラローズだが、エリオットも子どもが生まれるのを楽しみにしているらしく、同じようにまだ王城の自室で生活している。

山になっていた書類をどうにか片付けたアクアスティードは、ぐぐっと伸《の》びをする。

ティアラローズの側《そば》にいる時間を増やすために仕事の見直しや効率化を図《はか》った結果、アクアスティードだけではなく王城に勤めるほとんどの人間の仕事の時間が短縮された。

「お茶を淹《い》れるので、少し休憩《きゅうけい》にしましょうか。明日の分の仕事も進めるのでしょう？」

「そうだな、頼《たの》む」

ティアラローズにいつ陣痛が来てもいいように、可能な限り前倒《まえだお》しで仕事を進めている最中だ。

エリオットが紅茶を淹れて軽食に何か用意しようと考えていると、ものすごい勢いで廊《ろう》下《か》を走る音がしてその直後に執務室《しつむしつ》の扉《とびら》が勢いよく開かれた。

ノックなど何もない来訪に、エリオットが身構えて「誰《だれ》だ！」と声を荒《あら》らげる。

「は、はぁ、はっ……わ、私です……っ」

「「タルモ!?」」

息を切らし駆《か》け込《こ》んできたのは、ティアラローズの護衛騎士《きし》のタルモ。

銀髪《ぎんぱつ》に、たくましい体。普段《ふだん》は物静かで喋《しゃべ》ることもほとんどなく、いつもティアラローズから一歩下がったところに控《ひか》えている。

そんな彼《かれ》が慌てて不躾《ぶしつけ》に執務室へやってきた。

理由なんて、一つしかない。

「ティアラか！」

アクアスティードが声をあげると、タルモはすぐに頷《うなず》いた。

「はい！　陣痛が始まりましたっ!!　今、医師たちが対応に当たっています……！」

「すぐに向かう！」

アクアスティードはタルモとエリオットとともに執務室を飛び出して、ティアラローズの下へ向かった。


ティアラローズの部屋に行くと、苦しそうにベッドの上で横になっているところだった。

ベッドサイドでは、フィリーネとイルティアーナがティアラローズの手を握《にぎ》っている。

「ティアラローズ様、大丈夫《だいじょうぶ》ですよ、息を吸って、ゆっくりはいてくださいませ！」

「頑張《がんば》りなさい、ティアラ」

横では医師が出産の準備をしているところで、生まれるまでもう少し時間が必要のようだ。

イルティアーナは落ち着いているが、フィリーネはかなり慌てているようだ。

「ひっひっふーです、ティアラローズ様！」

フィリーネが呼吸の手本を見せているが、当のティアラローズは余裕《よゆう》がないらしく、浅い呼吸を繰《く》り返《かえ》している。

アクアスティードはすぐさまティアラローズの下へ行き、名前を呼ぶ。

「ティアラ！」

「はぁ、は……っ、アクア、さま……？」

　息も絶え絶えになりながら、ティアラローズが手を差し伸べてアクアスティードの声に応《こた》えてくれる。

　その手をぎゅっと握りながら、何度も「ティアラ」と名前を呼ぶ。

「どうして私はこんなに苦しそうなティアラを助けられないんだ……」

　できることならその苦しみを代わってあげたいと、そう思ってしまう。その言葉に、ティアラローズはゆっくり首を振《ふ》る。

「わたくしは、大丈夫です……。元気な赤ちゃんを生みますから、アクア様……アクアは、待っていてくださ……はっ、ませ。……ね？」

「……ティアラは強いな」

　すでに母親になる覚悟《かくご》ができているティアラローズを見て、アクアスティードは力強く頷く。

　残念ながら、自分には待つことしかできない。

　アクアスティードが手を握ったままでいると、部屋の中が光り三人の妖精《ようせい》王たちがやってきた。

「苦しそうだな……本当に大丈夫なのか？」

「もっときばらぬか、ティアラ！」

「二人とも、少し落ち着いて」

来たとたん、辛《つら》そうなティアラローズを見て心配するキースとカツを入れるパール。そんな二人をなだめて、クレイルが部屋の外へと連れだす。

「生まれるまでは、私たちは外で待っていた方がいい」

あっという間に出て行ってしまった三人の妖精王に、ティアラローズは笑う。まったく言葉を交《か》わせなかったけれど、来てくれただけで嬉《うれ》しい。

「ううぅっ！　いたたたたっ!!」

「ティアラ!?」

アクアスティードたちが来たことで安心したのか、ティアラローズの陣痛が一気に加速した。

ティアラローズには、もうアクアスティードに大丈夫だと告げる余裕もないようだ。

「陛下《へいか》、隣《となり》に部屋を用意しています。どうぞそちらでお待ちください」

「……わかった。ティアラ、頑張って」

「あ……っ、はい、アクア……」

自分の名前を一生懸命《いっしょうけんめい》呼ぶティアラローズにエールを送り、アクアスティードは部屋を後にした。

ティアラローズの陣痛が始まってから、いったいどれくらいの時間が経っただろうか。

二時間？　三時間？　いや、五時間くらいだろうか。

落ち着きのない様子で部屋の中を歩き回るアクアスティードに、エリオットが「まだ三十分ですよ」と苦笑《くしょう》する。

「……わかっている」

「まだ三十分!?　もう一年くらい経った気分だ……」

しかし部屋の中をうろうろしているのはアクアスティードだけではなく、キースもだった。落ち着かない男二人が、ぐるぐるぐるぐる部屋の中を歩いている。

「アクアスティード様、キース様、座《すわ》って待ちましょう。お産というのは、時間がかかるもののようですから……」

「ティアラが頑張っているのに、私だけ座って待つなんてできない」

「無理無理、座って何するんだ!?」

ああ、この二人は何を言っても駄目《だめ》そうだと、エリオットは悟《さと》る。

そんな中、優雅《ゆうが》に紅茶を飲んでいるのはパールとクレイルだ。

特にクレイルはパールとお茶できるのが嬉しいらしく、かいがいしく世話を焼いている。

「お前ら……よくそんなに落ち着いてられるな」

「おぬしの落ち着きがなさすぎるだけじゃ、キース。タピオカミルクティーでも飲んで、気分を落ち着かせたらどうじゃ？」

今からそんな状態では、生まれたときには疲《つか》れ果《は》てているだろうとパールは笑う。

そして席を立ち、窓辺のソファに大人しく座っていた人物の肩《かた》に触《ふ》れる。

「こやつの方が、随分《ずいぶん》と肝《きも》が据《す》わっておる」

「あ……いえ、私なんて」

パールの言葉に声をあげたのは、ラピスラズリから駆けつけたティアラローズの義弟《おとうと》のダレルだった。

治癒《ちゆ》の力がとても強いため、何かあったときのためにこうして控えてくれているのだ。

「ティアラお姉様が無事にご出産できるように、祈《いの》るだけです……。あ、もちろん、何かあればすぐに駆けつけます！」

義姉《あね》のために祈りを捧《ささ》げる可愛《かわい》い義弟、ダレル・ラピス・クラメンティール。

薄《うす》い水色の髪と、穏《おだ》やかな青色の瞳《ひとみ》。白を基調とした服装で、首元にはリボンを付けている。

絶大な治癒の力を持つ、六歳《さい》の少年だ。

「そういえば挨拶《あいさつ》がまだだったの。わらわはパールじゃ。おぬしはティアラの弟かえ？」

「はい。ダレル・ラピス・クラメンティールと申します。どうぞよろしくお願いいたします、みな様方」

最初に軽く会釈《えしゃく》はしたものの、全員がそわそわしていたので挨拶しそびれてしまった。

パールをはじめ、キースやクレイルとも挨拶を終える。

落ち着いているダレルを見て、アクアスティードは軽く首を振った。

――私が今からこんなに慌てていては、ティアラに心配をかけてしまうな。

平静を保てるように、アクアスティードも用意された紅茶を手に取る。そのままダレルの横に座り、何か話をしようとして……ふと気付く。

「そういえば、お義父《とう》さんは？」

イルティアーナはティアラローズに付《つ》き添《そ》っていたけれど、男親であるシュナウスはそういうわけにもいかないだろう。

かといって、娘《むすめ》の一大事に控えていないというのも考えられない。

アクアスティードの問いかけに、ダレルは困った表情になった。

「お父様は……」

「うん？」

ダレルが言《い》い淀《よど》むと、キースたちも「どうしたんだ？」とダレルを見る。

「ええと、たぶん……扉の外に」

「外？」

全員で首を傾《かし》げて扉を見ると、エリオットが開けてくれた。するとそこには、落ち着かない様子で廊下を行ったり来たりしているティアラローズの父親――シュナウスがいた。

アクアスティードやキースと同じで落ち着かなくて、ずっと歩き回っていたようだ。

「これはみな様お揃《そろ》いで!!」

そんなシュナウスも、こちらに気付いて挨拶の言葉を口にした。


ティアラローズの父親、シュナウス・ラピス・クラメンティール。

ラピスラズリ王国では宰相《さいしょう》の地位についているが、年齢《ねんれい》は四十代前半とまだ若い。

妻と娘と息子《むすこ》ラブなのは、見ての通りだろうか。


「いやはや、いけませんな……どうにも落ち着きません」

「わかります。しかし、廊下にいると医師たちの邪魔《じゃま》になってしまうかもしれませんから……どうぞ中へ」

「そうですな」

アクアスティードの言葉に頷き、シュナウスも室内へ入ってきた。そしてすぐ、うやうやしく頭を下げる。

「……まさか、妖精の王が勢揃《せいぞろ》いしていらっしゃるとは」

「気楽にするといい」

代表してキースが告げると、シュナウスはもう一度だけ礼をして席へ着いた。

ティアラローズの出産を待つ顔ぶれが揃ったことで会話も弾《はず》むかと思ったが……室内には重い沈黙《ちんもく》が続く。

特に男性陣《じん》は、クレイルとダレルを除き全員がそわそわしながら隣の部屋に面した壁《かべ》を見ている。

「やれやれじゃの」

パールが肩をすくめると、ちょうどタイミングよく扉が開かれた。

「ティアラ様、陣痛が始まったんですって!?」

「アカリ様、落ち着いてくださいませ!」

「二人とも十分慌てていますよ……」

そう言いながらやってきたのは、アカリ、オリヴィア、シリウスだ。全員、ティアラローズの陣痛が始まったと聞き飛んできたようだ。

「みんな揃ってるじゃないですか！　やだー、もしかして私たちが最後ですか？」

アカリが急いできたのにと言いながら席に着く。

オリヴィアは淑女《しゅくじょ》の礼をし、シリウスは礼儀《れいぎ》正しく挨拶を行った。

いつも以上にテンションの高いアカリを見て、アクアスティードは苦笑する。

「アカリ嬢《じょう》がいるとなんだか気がまぎれるな……」

「え？　そうですか？　えへへ、嬉しい～」

「………」

別に褒《ほ》めているわけではないのだが、今はこのテンションに付き合う余裕はないのでアクアスティードは社交的な笑《え》みを浮《う》かべたまま黙《だま》ることにした。

オリヴィアとシリウスに挨拶をするため、ダレルが立ちあがる。

すぐダレルに気付いたのは、シリウスだ。

「ああ、クラメンティール侯爵《こうしゃく》が養子縁組をしたというのは貴方《あなた》ですね。私はシリウス・ラピスラズリ・ラクトムートです」

「オリヴィア・アリアーデルですわ」

二人の挨拶に、ダレルは深く腰《こし》を折る。

「初めてお目にかかります、ダレル・ラピス・クラメンティールです。どうぞよろしくお願いいたします」

ラピスラズリの次期国王は、シリウスと決まっている。近い将来、ダレルがシリウスの右腕《みぎうで》となるような未来がくるかもしれない。

和《なご》やかな挨拶を終えた瞬間、部屋がピリリとした空気に包まれる。

「――っ!?」

まるで空間の揺《ゆ》らぎを感じるようなそれに、全員が咄嗟《とっさ》に立ちあがった。なんだこれはと、誰かが叫《さけ》ぶより先に――隣から元気な産声《うぶごえ》が聞こえてきた。

そして同時に、隣の部屋との境の壁が爆炎《ばくえん》で吹っ飛んだ。

　

「ふぇえ、ふぇえええぇえんっ」

必死に「ひっひっふー」を繰り返し、痛みに耐《た》え――ティアラローズの耳に届いた産声。

瞬間《しゅんかん》、痛かったことも何もかもふっとんで新しい風が吹《ふ》いた。

まだ呼吸は苦しいし、目もチカチカしていて視点も定まらない。それでも、どうにかして自分が生んだ赤ちゃんを求めて視線をさ迷わせる。

「ふえええぇっ」

――わたくしと、アクア様の……赤ちゃん……。

ずっとずっと会いたいと思っていた。

会える日を楽しみにして、歌をうたったり、絵本を読んだり、一緒《いっしょ》にお昼寝《ひるね》気分を味わってみたり……。

そんなあなたと、やっと会える。

──早く、顔が見たい。

すると、すぐに赤ちゃんを取り上げてくれた医師が横に来てくれた。

「赤ちゃん……」

「ティアラローズ様、可愛らしい姫《ひめ》様で──」

しかし医師が言い終えるより前に、突然《とつぜん》赤ちゃんの魔力《まりょく》が膨《ふく》らんだ。

おそらく、胎内《たいない》から外へ出たことにより魔力のコントロールが難しくなってしまったのだろう。

赤ちゃんの前に大きな炎《ほのお》が出現し、暴走して部屋の壁を破壊《はかい》し──吹き飛ばした。


「何事じゃ!!」

爆炎で壁が吹っ飛んできて、即座《そくざ》に対応したのは防御《ぼうぎょ》に優《すぐ》れているパールだ。海の力で水の結界を張り、崩《くず》れた壁を受け止める。

こちら側は全員無傷だが、問題はお産をしていたティアラローズたち。アクアスティードはすぐに駆け出し、破壊された壁から隣の部屋へ行く。

「ティアラ!!」

「……っ、はぁ、わたくしの……赤ちゃん！」

アクアスティードが部屋に飛び込むと、ティアラローズが必死に体を起こして医師から赤ちゃんを受け取っているところだった。

赤ちゃんの周りには炎があって、とてもではないが触れられる状態ではないが——そんなことを言っている場合ではない。

ティアラローズも、医師も、発せられるその熱に必死で耐えながら生まれた赤ちゃんを守っている。

その熱さに顔を苦しげに歪《ゆが》めながら、ティアラローズは必死に抱《だ》きしめていた。

すぐに助けなければとアクアスティードが手を伸ばした瞬間——赤ちゃんの周囲から、炎が消えた。

「どうなっているんだ!?」

ふらりとベッドへ倒れそうになるティアラローズを受け止めて、アクアスティードは焦《あせ》りながらもほっと胸を撫《な》でおろす。

まだ苦しそうに肩で息をしているが、ティアラローズも赤ちゃんも無事だ。

「はぁ、はっ、アクア様……もう、大丈夫です」

ティアラローズの視線を追うと、赤ちゃんの指に『守りの指輪』と『攻撃《こうげき》の指輪』がはめられていた。

暴走しそうになった魔力を指輪に吸わせて、事なきを得たようだ。

——そうか、ティアラは必死にこれをはめようとしていたのか。

母として、赤ちゃんを守るために夢中だったのだろう。ティアラローズはすっかり体力を使い切ってしまったらしい。

出産という大きなことをしたあとなのだから、それも当然だろう。

「ありがとう、ティアラ。無事に生んでくれて」

「……はい」

すやすや眠《ねむ》る赤ちゃんを見て、ティアラローズはふにゃりと微笑《ほほえ》む。嬉しくて嬉しくて、どうしようもないのだろう。

その気持ちは、アクアスティードも同じだ。

愛《いと》おしそうに自分と赤ちゃんを見つめているアクアスティードに、ティアラローズはゆっくりと手を伸ばす。

「ティアラ？」

アクアスティードがティアラローズの手を取り、「どうしたの？」と優《やさ》しく問いかけてくれる。

「赤ちゃんに、名前をつけてくださいませ」

「ああ……そうだったね」

新しい生命の誕生と、突然の魔力暴走でうっかりしていたとアクアスティードは苦笑する。

アクアスティードはゆっくりと赤ちゃんを抱き上げ、微笑みかける。

「いい子だね、気持ちよさそうに眠っている……。ティアラに似て可愛い女の子だ」

少しだけ生えている前髪《まえがみ》を撫で、アクアスティードはその額に優しくキスをおくる。マリンフォレストの王位継承《けいしょう》権第一位の、王女の誕生だ。

「この子には、いつまでも光《ひか》り輝《かがや》く花のように――ルチアローズの名前を授《さず》けよう」

アクアスティードがつけてくれた名前を聞いて、ティアラローズは涙《なみだ》が零《こぼ》れる。自分と同じ名のローズを入れてくれたことも、嬉しかった。

気持ちよさそうに眠る天使のような子、ルチアローズ・マリンフォレスト。

ちょこんと生えている前髪は、ティアラローズより少し濃《こ》いピンク。生まれたときに見た瞳は、金色がかったハニーピンクだった。

ティアラローズに似た、可愛らしいお姫様。これから次代のマリンフォレストを担《にな》うであろう、王女だ。


アクアスティードはすぐ近くにいたクレイルを見つけて、名前を呼ぶ。

「クレイル、私とティアラの子だ」

「ふふ、可愛らしいね。母親に似てよかった。空の妖精王クレイルから、祝福を授けよう。――悪意に汚《けが》されぬように」

すると、優しい風が吹いてルチアローズにきらきらした光の粒子《りゅうし》が降り注いだ。空の妖精王クレイルからの、祝福だ。

その神秘的な光景に、ティアラローズは感動を覚える。

しかし、そんな神聖な雰囲気《ふんいき》に「あー！」と異議を唱える声が二つ。

「お前、何勝手に抜《ぬ》け駆《が》けしてるんだよ!!　俺《おれ》が一番に祝福するって話だっただろ！」

「クレイル！　同じ女同士、わらわが一番に祝福を贈《おく》るものじゃろうて！」

そう、キースとパールだ。

二人とも自分が一番に祝福したかったのにと、悔《くや》しそうにしている。

「キース、そんな約束はしていないよ。パール……私は、アクアスティードに最初に祝福を贈った妖精王だから……ごめんね」

キースはクレイルの言葉に納得《なっとく》していないようで拗《す》ねているが、パールは仕方ないと肩の力を抜いた。

それに、アクアスティードが最初に名を呼んだのはクレイルだったのだから。

「仕方ないのう。わらわが祝福を贈ったのは後になってからだからの……。ルチアローズ、海の妖精王パールから祝福を授けよう。おぬしは火の力が強いようじゃから、水の力を強めてそれを扱《あつか》いやすくしてやろう」

小さな水しぶきが舞《ま》って、ルチアローズにパールの祝福が降り注いだ。これから先、大きくなるであろう魔力を扱いやすくしてくれた。

「ありがとうございます。クレイル、パール様」

「ルチアローズにも祝福をいただけるなんて、とても光栄です。ありがとうございます、クレイル様、パール様」

アクアスティードとティアラローズが二人に礼を述べたのはいいのだが――あと一人の妖精王、キースは拗ねてしまっているようでむすっとしている。

ティアラローズは苦笑しつつ、どうしたものかと悩《なや》む。

もう祝福してしまったのだから今更《いまさら》順番を変えることはできないし、確かにクレイルの言った通り、アクアスティードに最初に祝福を贈っていたのは彼だ。

「キ、キース？」

おそるおそる名前を呼ぶと、不貞腐《ふてくさ》れつつもキースはティアラローズの下へ来てくれた。アクアスティードの抱くルチアローズを見て、そっと小さな手に触れる。

「小さくて、壊《こわ》れちまいそうだな」

ぽつりと呟《つぶや》いたキースは、可愛いルチアローズを見て笑顔《えがお》になった。慈愛《じあい》に満ちた表情に、ティアラローズたちはほっとする。

「赤子は可愛いのう。キース、おぬしも早く祝福を贈らぬか」

パールが急《せ》かすと、キースはふんっと顔を背《そむ》ける。

「別に、お前ら二人の祝福があれば十分だろ。森の妖精は祝福してるし、それでいいさ」

みんなが想像していた以上に、キースは一番に祝福を贈りたかったようだ。

ティアラローズがアクアスティードを見ると、仕方ないと苦笑していた。

申し訳ないとは思うのだが、アクアスティードも自分をずっと守ってくれていたクレイルに娘を真っ先に見せたかったのだから。

パールが「器《うつわ》が小さいぞ！」とキースに言っているが、ティアラローズが「待ってくださいませ」と止めに入る。

「キースがわたくしたちのことを心から想《おも》ってくださっているのは知っています。その気持ちだけで、わたくしは十分嬉しいですから」

「よくわかってるじゃねえか、ティアラ。そうだな……ルチアが成長して俺の祝福を贈るに相応《ふさわ》しい姫になったら——そのときは、盛大《せいだい》に森の祝福を贈ってやってもいいぞ」

その返事を聞いて、ティアラローズはまさに自由を愛する森の妖精だと思う。

「ええ。もしルチアローズが立派な淑女になったときは、そのときはキースの祝福を贈ってちょうだい」

「ああ」

約束だ——と、ティアラローズとキースは微笑んだ。


それからティアラローズの部屋へ場所を移し、みんなにルチアローズをお披露目《ひろめ》した。

ルチアローズがすやすや眠るベッドは、森の妖精たちが作ってくれた花のゆりかご。

海の妖精たちが珊瑚《さんご》で作ってくれたベッドメリーは、シャラランと涼《すず》やかな音を奏《かな》でる。

空の妖精たちが花のゆりかごを揺らし、珊瑚のベッドメリーを風の力で回転させてくれている。

妖精たちのかいがいしい様子を見て、周りの大人たちはほっこりする。

けれどそのなかで一人だけ、大号泣《だいごうきゅう》している人間がいた。

「あああぁ、可愛い。ルチアローズちゃんか、とてもいい名前だ……！」

ルチアローズが生まれておじいちゃんとなった、シュナウスだ。孫があまりにも可愛くて、ずっとベビーベッドの横で感動している。

「お父様ったら……恥《は》ずかしいわ……」

ティアラローズが横になりながら告げると、側にいたイルティアーナが「仕方がないんですよ」とシュナウスをフォローする。

「ずっと、ティアラの子どもが生まれるのを楽しみにしていましたから。屋敷も、いつ遊びに来てもいいようにすっかりリフォームしてしまったのよ」

困ったおじいちゃんですねーと、イルティアーナが微笑む。

そしてシュナウスの反対側では、ハンカチで鼻を押《お》さえたオリヴィアがうっとりした表情で赤ちゃんを見つめていた。

「あああ、とても可愛らしいです。マリンフォレストのお姫様の誕生に立ち会えるなんて、わたくしはなんて幸運なんでしょう……！　ティアラローズ様、本当におめでとうございます!!」

「ありがとうございます、オリヴィア様」

オリヴィアの横ではアカリとシリウスもルチアローズを見ていて、可愛い可愛いとにこにこしている。

「はー可愛い！　赤ちゃんって、とってもいい匂《にお》いですね。ほっぺたもふにふにで、お肌《はだ》なんてもちもち〜！」

「アカリ様、そんなに騒《さわ》いだらルチアローズ様が起きてしまいますわ」

「はぁーい」

全員が一通り愛《め》でると、ソティリスとラヴィーナも来てくれた。アクアスティードの両親で、この国の元国王と王妃《おうひ》だ。

軽く挨拶をして、二人はすぐルチアローズと対面する。

「遅《おそ》くなってしまってすまないな。これは可愛らしい姫だ。おめでとう、二人とも」

「ふふ、目元はアクアに似ていますね。おめでとう」

「ありがとうございます」

こちらも初孫がとても嬉しいようで、終始笑顔だ。

そして、確かにラヴィーナが言った通り目元はアクアスティードに似ているとティアラローズも思う。

――成長が楽しみ。

「髪の色も、女の子らしくてとても可愛いわ」

ティアラローズを見て、ラヴィーナが微笑む。

「ありがとうございます」

「社交界デビューしたらきっと求婚者《きゅうこんしゃ》が後を絶たないでしょうね」

自分より少し濃い髪の色は、伸びたらきっと華やかだろう。ラヴィーナの言う通り、社交界でも注目の的になりそうだ。そうなると、アクアスティードが寂《さび》しがりそうだけれど。

するとソティリスが笑う。

「こらこら、気が早いんじゃないか？」

「あら。女の子の成長なんて、あっという間ですよ？」

油断しているとレディになり、嫁《とつ》ぐ日になってしまいますとラヴィーナが言う。それを聞き、シュナウスが「ルチアちゃん……」と涙ぐんだ。

しばらく雑談をしたところで、ソティリスが話を切り上げた。

「あまり長居をすると疲れさせてしまうだろうから、私たちはこれで失礼するよ。また顔を見にこよう」

「ええ。ありがとうございます、父上」

アクアスティードの返事に頷き、ソティリスはシュナウスとイルティアーナを見る。

「よろしければ、一緒にお茶でもいかがですか？　可愛いルチアローズの話に花を咲《さ》かせましょう」

「おお、それはいいですな。ぜひ、ご一緒させていただきます！」

両親たちは一緒にお茶をするようで、ルチアローズをもう一度見てから部屋を後にした。きっと、孫の話をして楽しく盛り上がるのだろう。

「それじゃあ、わたくしたちもお暇《いとま》しますわ。また来ますね、ティアラローズ様」

「ゆっくり休んでくださいね、ティアラ様！」

「ありがとうございます、オリヴィア様、アカリ様」

全員が退室し、部屋にはティアラローズとアクアスティード、それからルチアローズの三人だけになった。

すやすや気持ちよさそうな寝息《ねいき》が聞こえてきて、ああ、本当に生まれたのだと改めて実感する。

アクアスティードはルチアローズの寝顔《ねがお》を見て、ベッドサイドへ腰かける。

「疲れているだろう？　少し休もうか。ルチアは私が見ているから、大丈夫」

そう言って、アクアスティードはティアラローズの頬《ほお》に触れる。

「……はい。ありがとうございます、アクア様」

「うん。おやすみ、ティアラ」

やはり体力の消耗《しょうもう》が激しかったので、ティアラローズはすぐに眠りについた。その寝顔は、どこかルチアローズに似ているとアクアスティードは思う。

優しくティアラローズの頭を撫で、アクアスティードはゆっくり子守り歌《こもりうた》を口ずさんだ。


ティアラローズとアクアスティードの朝は、ルチアローズの泣き声で始まることが多くなった。

「ふええっ」

「ん……朝？」

ティアラローズはのそのそベッドから起きて、花のゆりかごの中で泣いているルチアローズを抱き上げる。

「よしよし、今日も早起きね。おはよう、ルチア」

いい子いい子とあやしながら頰にキスをすると、ルチアローズはすぐに花のような笑顔を見せてくれる。

にこにこの笑顔は、見ていてとても癒《いや》される。

すると、寝ていたアクアスティードもベッドから起き上がった。

「お姫様は今日もご機嫌《きげん》のようだね」

「アクア様、起こしてしまいましたか？　まだ寝ていてくださいませ」

仕事で忙《いそが》しいのだから、せめて睡眠《すいみん》は……と、アクアスティードをベッドに戻《もど》そうとする。けれど首を振って、「駄目だよ」とティアラローズのこめかみにキスを落とす。

「私だって、ルチアの父親なんだから。一緒にいさせて。一人でベッドに寝かせられるなんて、寂しいだろう?」

「アクア様ったら……」

アクアスティードにエスコートされて、ティアラローズはソファへ座る。

「ハーブティーを淹れるから、少し待っていて」

「ありがとうございます」

「あふぅー」

ソファに座ってルチアローズをあやすと、とても楽しそうにしてくれる。夜中に泣くこともたまにあるが、回数はそう多くない。

順調にすくすくと育っている。……とはいえ、まだ生まれて数日だけれど。

「ルチアも成長してレディになったら、一緒にお茶会をしましょうね」

家族三人、薔薇《ばら》の庭園でお茶をするのもいいかもしれないとティアラローズは思う。まだ生まれたばかりだというのに、これから楽しみなことがたくさんあって困ってしまう。

ルチアローズと遊んでいると、ハーブティーを淹れたアクアスティードが戻ってきた。

「おまたせ」

「ありがとうございます、アクア様」

隣に座ったアクアスティードの肩に寄り添って、ティアラローズはルチアローズの顔を見せる。

笑顔かな……と思ったら、疲れたのかすやすや眠ってしまっている。

「あら……」

「赤《あか》ん坊《ぼう》は寝るのが仕事というし、仕方ないね」

今度はアクアスティードがルチアローズを抱き上げて、花のゆりかごへと寝かす。気持ちよさそうにしている姿は、いつまでも見ていたいと思ってしまうほどだ。

「大丈夫ですか？」

「うん。起きないで、そのまま寝てくれているよ。いい子だ」

アクアスティードはティアラローズの隣に戻ってきて、ハーブティーを口に含《ふく》む。少し眠たかったが、爽《さわ》やかな香《かお》りで目が覚めた。

アクアスティードは、そういえば一つきちんと話し合っておかなければならないことがあったことを思い出す。

「ティアラ、ルチアのことだけど……」

「はい？」

「いや、火の魔力が強いだろう？　なぜ火なんだろうと思って」

言われて確かに、これといった理由は思いつかないなとティアラローズも考える。

ティアラローズもアクアスティードも、別に火の魔法《まほう》に高い適性があるというわけではない。

それどころか、ティアラローズは元々魔力がそんなに強くはなかった。

じゃあ、両親、もしくはそれより前……先祖に火の適性の高い人物がいたのだろうか。

けれど、それも思い当たるような人物はいない。

「わかりません……どうしてでしょう？」

「いや、私が気にし過ぎただけか。別に魔力の質などは、絶対に遺伝するというものでもないし」

「アクア様の子どもですから、すごい力を秘めていても、わたくしは驚《おどろ》きませんよ？」

ゲームのメイン攻略《こうりやく》対象の子どもなのだから、とんでもない力を隠《かく》し持《も》っているかもしれない。

そう思ったが、すでにその大きな魔力は隠されていなかった。これ以上何かを持っていたら、さすがにティアラローズの手に負えなくなってしまうかもしれない。

「ただ、これから魔力がどんどん増えて……制御《せいぎょ》できなくなったらと、そう考えると少し不安ではあります」

「そうならないよう、しっかり守ろう。魔力は定期的に確認《かくにん》して、何か異常があればすぐ対応できるようにしておくよ」

「はい。ありがとうございます、アクア様」

今はすくすく成長してくれたらそれでいいと、ティアラローズとアクアスティードはルチアローズを見て微笑んだ。


ルチアローズが生まれて一ヶ月ほど経ったころ、サンドローズから一通の手紙が届いた。

「…………」

「アクア様、お顔が……」

面倒《めんどう》くさそうな顔で手紙を見るアクアスティードに、ティアラローズは苦笑する。

もしかしたら、正式にルチアローズへ婚約《こんやく》の申し入れがきたと警戒《けいかい》しているのかもしれない。

アクアスティードがペーパーナイフで封《ふう》を開けて、手紙を読んだ。

「……サラヴィア陛下とサラマンダー様が、ルチアローズのお祝いに近々見えるそうだ」

「まあ」

頭を抱《かか》えてため息をついているアクアスティードに、ティアラローズは苦笑する。

これはまた賑《にぎ》やかなことになりそうだ。


そして手紙からさらに一ヶ月後、サンドローズからサラヴィアたちがやって来た。

応接室にいるサラヴィアの下にアクアスティードがエリオットとともに顔を出すと、ソファでくつろいでいたサラヴィアが手を振った。

「久しぶりだな、アクア。道中は可愛い子がいっぱいいて、楽しかったぞ」

『この国は本当に妖精がたくさんいるわね』

以前よりチャラさが増した気がするのは、サラヴィア・サンドローズ。

金色の髪と、褐色《かっしょく》の肌。赤の瞳はまるでルビーのようで、王としての威厳《いげん》もある。

一夫多妻制を敷く、サンドローズ帝国《ていこく》の若き皇帝《こうてい》だ。

一緒にいるのは、火の精霊《せいれい》サラマンダー。

高い位置で結ばれた赤色の髪と、同じ色の瞳。露出《ろしゅつ》の多い砂漠《さばく》のドレスからは、褐色の肌が覗《のぞ》いている。

遥《はる》か昔からサンドローズにいて、王族から魔力をもらう代わりにその地を守っている。

ティアラローズの花のおかげで魔力が安定し、長期間でなければサンドローズを離《はな》れても大丈夫なようだ。


「そんで、将来俺の娘になる子猫《こねこ》ちゃんはどこかな?」

「エリオット、サラヴィア陛下はお帰りだ」

「嘘《うそ》うそ、冗談《じょうだん》だって! そんなつれないこと言うなよアクア!!」

ルチアローズを嫁《よめ》にもらう気満々のサラヴィアにすぐお帰り願おうとしたアクアスティードだったが、すぐに首を振られてしまう。

「今回は純粋《じゅんすい》にお祝《いわ》いだって!」

『われも一緒に選んだから、どれも一級品よ』

そう言って、サラヴィアは応接室に運《はこ》び込《こ》んでおいた祝いの品々をアクアスティードに見せる。

砂漠の薔薇のお守りや、サンドローズで採れる宝石や子ども用の砂漠のドレスなど、様々なものが用意されていた。

どれも目を見張るほど素晴《すば》らしい品だ。

「ありがとうございます、サラヴィア陛下。サラマンダー様」

「アクアと子猫ちゃんには世話になったからな。これくらいはさせてくれ」

急にサラヴィアが声のトーンを落とし、「感謝してるんだ」と改めて礼を述べた。

「そのことでしたら、もう済んだことです」

「……サンキュ」

アクアスティードがサラヴィアの向かいのソファに腰かけると、ちょうどノックの音が響いた。

「お、子猫ちゃんかな？」

エスコートのために立ちあがろうとするサラヴィアを制して、アクアスティードが立ちあがる。

「いい加減、私の妻を子猫と呼ぶのを止《や》めていただけませんか？」

「わお、怖《こわ》い」

『相変わらずイイ男ね！』

サンドローズの二人を睨《にら》みつつ、アクアスティードは扉を開ける。そこにいたのは、もちろんティアラローズだ。

腕にルチアローズを抱き、後ろにはフィリーネとタルモが控えている。

「タルモは室内での護衛を頼む」

「はい」

アクアスティードは指示を出し、ティアラローズがサラヴィアたちに挨拶できるようルチアローズを預かった。

「お久しぶりでございます。サラヴィア陛下、サラマンダー様」

「ああ、久しいな。子猫ちゃん——と呼びたいところだが、アクアに睨まれてしまってね。ティアラ様、とでも呼ばせていただこうか」

『久しぶりね、元気そうで何よりだわ』

軽く挨拶をすませると、さっそくサラヴィアがルチアローズに興味を示す。

「さすが二人の娘、美人だな」

「ありがとうございます」

「ぜひうちの国に嫁に——」

頬《ほお》をゆるめて褒《ほ》めるサラヴィアだったが、余計なことを言ったためアクアスティードに睨まれ口を噤《つぐ》む。

「今からこれじゃあ、先が思いやられるぞ？」

サラヴィアの言葉に、ティアラローズは苦笑する。

ルチアローズが将来、サラヴィアのようにチャラチャラした男を連れてきたら、アクアスティードに斬《き》り捨《す》てられそうだな……とは、ときどき思う。

まあ、口ではそう言っているが、アクアスティードはルチアローズのことを第一に考えてくれているから、自分の考えを押し付けることはないだろう。

サラマンダーも興味津々《きょうみしんしん》のようで、じいっとルチアローズのことを見つめている。そして一言、とんでもないことを口にした。

『ルチアローズったら、われの魔力を秘めているじゃない』


「――え？」

まったく予想していなかった言葉に、ティアラローズとアクアスティードがぽかんと口を開く。

確かにルチアローズは火の魔力が強かったけれど、それがサラマンダーに由来するものだなんて考えもしなかった。

「いったいどういうことですか、サラマンダー様」

真剣《しんけん》な表情になったアクアスティードが、サラマンダーに問う。ルチアローズに、サラマンダーの魔力が宿るような要素はなかったはずだ。

もちろん、ティアラローズにも。

アクアスティードの言葉に、しかしサラマンダーの方が逆に困惑《こんわく》の表情を見せる。

『どういうことも何も、われの力をティアラローズに与《あた》えたじゃない』

「えっ⁉　わたくしにですか？」

そんな記憶《きおく》はまったくなかったので、ティアラローズは衝撃《しょうげき》の事実に愕然《がくぜん》とする。いったいいつ、どのようにしてサラマンダーの力をもらってしまったというのか。

ティアラローズが焦っていると、サラマンダーが『あのときよ』と教えてくれる。

『貴女《あなた》がティアラローズの花を用意してくれた礼に、われの魔力を与えたじゃない。笑顔で頷いていたでしょう？』

「え……？」

そう言われ、ティアラローズはサンドローズに行ったときのことを思い出す。『われからのお礼はこれでいいかしら？』、そう言われて握手《あくしゅ》をしたのは記憶にある。

けれど、それだけだ。

「あのときの……お礼……？　あれって、ただの握手じゃなかったんですか？」

『そんな図々《ずうずう》しいことはしないわよ！』

サラマンダーの言い分に、確かにそうかもしれないとティアラローズは項垂《うなだ》れる。

――てっきり握手がお礼だとばかり思ってしまったわ。

火の精霊であるサラマンダーに認められ、握手をする。それが礼と言われても、人間であるティアラローズはすんなり納得してしまう。

とても光栄なことだからだ。

それがまさか、握手をした際に力を分け与えられていたなんて。

「大変失礼いたしました、サラマンダー様。では、ルチアローズの火の魔力が異常に強いのは、サラマンダー様のお力のおかげということなんですね」

『そうなるわね。まさかお腹《なか》の子どもに移るとは思わなかったけれど……』

サラマンダーは『面白《おもしろ》いわね』と言いながらルチアローズの小さな手に触れる。

『火の魔力が大きくなるけれど、別に害のあるものじゃないから心配することはないわ』

さらりと言ってのけるサラマンダーに、ティアラローズとアクアスティードは顔を見合わせる。

確かに火の魔力自体に害はないかもしれないが、その量が問題なのだ。多すぎて、何度も危険な目に遭《あ》ってきた。

それを伝えると、今度はサラマンダーがきょとんとした。

『本気で言っているの？　貴方の娘なのだから、魔力が大きくて当然じゃない』

そう告げて、サラマンダーはアクアスティードのことを指さした。

――ですよね!!

ティアラローズはアクアスティードがメイン攻略対象者であることと、星空の王になったこと。その二つだけで、十分考えられることだと頷く。

火の魔力の適性が高かったのは、サラマンダーに力を分け与えられていたから。

魔力量が多かったのは、アクアスティードの子どもだったから。ここ最近不思議に思い悩んでいたことが、一気に解決してしまった。

『でも、確かに火の魔力の適性が思ったより高いわね。……もしかして、ほかの精霊に会ったりした？』

「ほかの精霊、ですか」

『ええ。われは火でしょう？　ほかに水のウンディーネ、風のシルフ、土のノームがいるのよ。その内の誰かに接触《せっしょく》したとすれば、魔力が共鳴して予想以上に成長したことも頷けるわ』

精霊同士が魔力に影響《えいきょう》を与えるということを、ティアラローズは初めて知った。

話を聞くと、相性《あいしょう》がよく、コントロールが未熟だと魔力同士が共鳴を起こすことがあるのだという。

ただ、これは別に悪いことではない。

眠っていた力が目覚める、そんな感覚に近いのだという。ゆえに、コントロールができなかったルチアローズの魔力が大きくなってしまったのだろう――と。

けれど、ティアラローズはほかのどの精霊にも会ったことはないし、所在地すら知らない。

サラマンダーのことだって、実際に見るまではお伽噺《とぎばなし》だとばかり思っていたくらいだ。

心当たりはないと首を振ると、サラマンダーも『そうよね』と頷いた。

『われだって、居場所をちゃんと把握《はあく》していないもの。会おうとしても、そう簡単に会える相手じゃないのよね』

だからルチアローズの魔力が高いのはアクアスティードの娘であることと、本人の資質であろうということでこの話は終わった。

ラピスラズリ王国にあるティアラローズの実家、クラメンティール邸《てい》では優雅なお茶会が開かれていた。

参加者は、シュナウスとアカリの二人。

「……私も、ティアラの下に残りたかった……」

テーブルに突《つ》っ伏《ぶ》すように倒れ込むシュナウスは、それはそれは長いため息をつく。

「わかりますよ、その気持ち。ルチアちゃん、すっごく可愛かったですもんね！」

「ああ。あの可愛さは、この世界の宝ですな」

「本当に。大きくなったら、ラピスラズリにお嫁に来たりしないんですかね？」

アカリの言葉に釣《つ》られてルチアローズを絶賛したシュナウスだったが、続けられた言葉に目をカッと見開く。

「何を言いますか！　あんな可愛いルチアを嫁に出すなんて、とんでもない。ラピスラズリに相応しい令息なんていないでしょう」

「お父様厳しい〜！」

蝶《ちょう》よ花よと育てるのもいいが、あまり度が過ぎると素敵《すてき》な男性との縁《えん》を逃《のが》してしまうのでは……とアカリは苦笑する。

こんなときは、話題を変えるのが一番いい。

「そういえば、お母様とダレル君はいつ頃《ごろ》こっちに戻ってくるんですか？」

「ああ、とりあえずルチアの首が座るまでは……という話なので、後二ヶ月ほどはかかるでしょうな……」

「寂しいですね」

実は、シュナウスだけが先にラピスラズリに帰ってきていた。

ダレルはルチアローズの魔力のことがまだ心配だからと、イルティアーナと一緒にマリンフォレストのティアラローズの下に残っているのだ。

イルティアーナが一緒なのは、ダレルの側にはまだ保護者がいた方がいいと判断したからだ。

本当ならばシュナウスも一緒に残りたかったのだが……ラピスラズリでの仕事が多くあるため、泣く泣く先に帰ってきた。

それもあって最近はアカリと、ティアラローズとルチアローズのことを話す機会も増えている。

シュナウス曰《いわ》く、まだ完全にアカリのことを許したわけではない……らしいが。

「でも、ダレル君は偉《えら》いですよね。治癒魔法のエキスパートで、お姉ちゃん思いで……さらには生まれた赤ちゃんのことまで気遣《きづか》って」

「ええ！　ダレルも私の自慢《じまん》の息子ですからね。まだ六歳ですが、とてもしっかりしているでしょう？　少し気の弱いところはあるが、芯《しん》はしっかりしていて頼《たよ》りになる」

今度はダレルトークになってしまった。

「どうも、一緒に暮らしていたお師匠《ししょう》様を亡《な》くしたようでね。我《わ》が家《や》に来た当初は落ち込んでいるような日もあったが、今では毎日笑顔で過ごしてくれているんですよ」

「お父様はダレル君も大好きですすねぇ」

「もちろんですとも！」

シュナウスがキリッとした顔で即答《そくとう》すると、アカリは笑う。

「それなら、ルチアちゃんがダレル君のお嫁さんになったら最高ですね！」

「――っ!!」

何気なくアカリがそう言うと、シュナウスがひゅっと息を呑《の》む。

その顔には、そうかその手があったのか……盲点《もうてん》だった!!　とでも書かれているかのようだ。

「なんとなくで言っちゃいましたけど、ティアラ様とダレル君は姉弟《きょうだい》ですよ？　駄目ですよ？」

アカリが珍《めずら》しく至極《しごく》まっとうなことを言うと、シュナウスはしばし沈黙しつつも頷く。

「……わかっている」

「本当ですか？　まあ、それならいいですけど。あ、なら私が男の子を生んで二人を結婚させればいいんじゃないですか!?　わー、めちゃくちゃ名案じゃないですか！」

親友同士の子どもが結婚なんて少女漫画《まんが》みたい！　と、アカリがテンションを上げる。

しかしシュナウスとしては、ハルトナイツの息子とルチアローズが結婚？　とんでもない!!　だ。

「私はルチアの意思を尊重しますからな。本人の意思のない婚約は反対です」

「ん～～、それには私も賛成ですけど」

しかし夢がない……と、アカリはしょんぼりする。乙女《おとめ》ゲームだったとしたら、絶対に美味《おい》しい展開なのに。


アカリは紅茶を飲みながら、シュナウスをいいおじいちゃんだなと思う。

自分やティアラローズは例外だったけれど、貴族なんて政略結婚が当たり前の世界だ。

ルチアローズは大国マリンフォレストの第一王女なので、きっと求婚も多いだろう。

よくよく思い返せば、アクアスティードは己《おのれ》に力があるから、聖なる光の力を持つ自分のことをいらないと言ってのけた男だ。

てっきり自分を選んでくれると思っていたのに、ティアラローズだけを見ていた。

「あ、そうか……。大国だから、別に政略結婚をする必要もない？」

アカリの言葉に、シュナウスは「そうですな」と頷く。

「アクアスティード陛下は王としての基盤《きばん》がしっかりされていますから。別に、娘に政略結婚なんてさせる必要もないでしょう」

マリンフォレストは豊かで、何一つ不自由なことはない。

どちらかといえば、ルチアローズが婚約を望めば相手は否《いな》とは言えない。それが、大国マリンフォレストだ。

「はあぁ、わかってはいましたけど……さすがはアクア様の国ですね」

「ティアラも幸せそうですからな」

シュナウスとしてこれほど安心できる相手はほかにいない。

「マリンフォレストにいる優秀《ゆうしゅう》な医師と、今はダレルもついている。ルチアの魔力が大きい問題も、きっと解決できるでしょう」

少し不安はあるが、今はティアラローズやダレルを信じて待つだけだ。

「ルチアちゃんはティアラ様とアクア様の娘ですからね！　絶対に大丈夫ですよ。何かあれば、私も駆けつけますから！」

どーんと任せてくださいとアカリが胸を張ると、シュナウスは目を見開きつつ笑う。

「……まったく。アカリ様は不思議なお人ですな。ティアラに対して敵対的だとばかり思っていたというのに」

「昨日の敵は今日から親友って言うじゃないですか」

そう言って、アカリがバチンとウインクをしてみせる。が、シュナウスは冷静に「言わないでしょう」とツッコミを返してくる。

「もー、お父様ってば！　言うんですよー！」

「…………」

「お父様？」

突然黙ってしまったシュナウスに、アカリは首を傾げる。いったいどうしたのだろう？

と。

「……いや。アカリ様は、今は本当にティアラのことを思ってくれているのだな……と」

改めてそう思ったのだと、シュナウスが笑顔を見せる。

「こうしてティアラやダレルの話をして、ルチアのことも可愛いと言ってくれて……私はとても嬉しいです。ティアラを傷つけたことを完全に許せるか？　と問われたら難しいかもしれませんがね」

「お父様……」

「今のアカリ様であれば、こうしてお茶を飲みながら話をすることもできます」

つまり何が言いたいのかというと――

「もう、アカリ様に対しての怒《いか》りは少ない。これからも、ティアラの親友として仲良くしてやってくれますか」

「……っ、お父様～～!!」

シュナウスの言葉を聞き、アカリは感極《かんきわ》まって飛びついた。そしてすぐに「こらー！」と叱《しか》られたのは、言わずもがな。

『らんらら～ららら～♪』

花のゆりかごでうとうとしているルチアローズに、森の妖精たちが歌を披露《ひろう》している。どうやら、子守りをしてくれているようだ。

ティアラローズの部屋には、ルチアローズとダレルとフィリーネがいる。

ルチアローズはこれからお昼寝なので、ティアラローズたちはのんびりティータイムをしようとしていた。

「ルチアちゃん、可愛いですね」

ダレルは飽《あ》きることなくルチアローズの寝顔を見て、その小ささから自分が守らなければと思ってくれているようだ。

起きているときは積極的に遊んでくれて、魔力が大きくなってしまったときは魔法で落ち着かせてくれている。

ルチアローズに夢中なのは、フィリーネも一緒だ。

「赤ちゃんの成長は本当に早いですからね。きっとすぐに首も座って、ハイハイをして、歩けるようになりますわ」

「わあ……そうしたら、一緒にお散歩がしたいです」

「とても素敵ですね」

ダレルとルチアローズが仲良く手を繋《つな》いで散歩をしていたら、とても可愛いだろう。歩けるようになったら、ぜひ花畑に遊びにいきたい。

『おさんぽ！　一緒に行く～！』

『楽しそう！』

うたい終わった妖精たちが、きゃらきゃらとはしゃぐ。

「そのときは、みんなで行きましょう」

「はいっ！　楽しみにしています、ティアラお姉様」

『わーい！』

ティアラローズが頷くと、ダレルも妖精たちも嬉しそうに頷いた。

ただ、ルチアローズがしっかりと歩けるようになるまでは、まだ一年はかかってしまうだろうけれど。

「ええ、そのときはダレルもきっといいお兄様になっていますね」

「お兄様……！　はい。ルチアちゃんを守れるように、頑張ります！」

「とても頼もしいわ」

嬉しそうに笑うダレルを見て、ティアラローズも微笑む。

「ルチアローズ様もお眠りになりましたからソファに行きましょう、ダレル様。すぐにケーキをご用意いたします」

「ありがとうございます」

フィリーネに促《うなが》され、ダレルがソファに戻ろうとしたタイミングで、部屋の中――正確にはティアラローズの目の前が強く光った。

「何っ⁉」

驚いて身をすくませるが、光はすぐに消えて、一通の手紙が姿を見せた。

「あ、アカリ様の手紙ね」

いつもながら唐突だと苦笑しながら、ティアラローズはその手紙を手に取る。

驚かせてしまっただろうと思いダレルの方を見ると、ルチアローズが眠る花のゆりかごに覆《おお》いかぶさるようにして守ってくれていた。

小さな騎士のように。

「ダレル、もう大丈夫よ」

「ティアラお姉様？」

「驚かせてしまってごめんなさい。アカリ様が魔法で手紙を送ってくださったの」

ティアラローズが分厚い封筒を見せると、ダレルはほっと安堵《あんど》の息をついた。

「アカリ様はいつも突然ですね」

「本当に」

呆《あき》れた様子のフィリーネに、ティアラローズは苦笑するしかない。

ペーパーナイフで封を切り、手紙を読んでティアラローズは「あら」と目を見開いた。

ダレルが向かいのソファに座りながら、「何かありましたか？」とティアラローズを見る。

「お父様から、ダレルとお母様宛《あ》ての手紙も入っていました。これがダレルの分です」

「！　ありがとうございます、ティアラお姉様！」

ダレルは嬉しそうに手紙を受け取り、さっそく読み始めた。

フィリーネは紅茶を用意しながら、不思議そうに手紙を見ている。

「アカリ様の手紙に、旦那《だんな》様の手紙も入っていたんですか？」

「ええ。どうやら、二人は和解したみたいですね」

「まあ」

少しずつ歩み寄りは見せていたけれど、ルチアローズが生まれたことにより共通の愛でる対象が増えたのもよかったのだろう。

「ダレルとお母様がこちらにいるので、アカリ様とゆっくりお話しする時間も取れたのでしょう」

二人が盛り上がりながらお茶をするところが想像できて、思わず笑ってしまうティアラローズだった。

ルチアローズが生まれて二ヶ月以上が経ち、最近は可愛い笑顔を見せて「あー」や「う～」とお喋りをするようになってきた。

ただ問題は、それに伴《ともな》い夜泣きが増えてきた……ということだろうか。

なれない育児に、ティアラローズはぐったりしてしまう。

常に構ってほしいアピールをするかのように見つめてくる、ルチアローズの愛らしい金色がかったハニーピンクの瞳。

疲れてはいるが、ティアラローズは可愛いルチアローズにメロメロだった。


「ふぇぇぇっ、あぁ～」

ティアラローズとアクアスティードがぐっすり眠っている真夜中、ルチアローズが泣きだしてしまった。

それに気付いてすぐ起きたのは、アクアスティードだ。

横を見ると、ティアラローズは眠ったまま。その顔には疲れの色が浮かんでいて、日中の世話でくたくたになってしまっていることがわかる。

アクアスティードはティアラローズの頭を撫でてから、ルチアローズの下へ行く。

「うぅ～」

泣いていたルチアローズは、アクアスティードが顔を見せるとほんの少しだけ泣き止んでくれた。

「もう大丈夫だよ、ルチア。何も怖いことはないからね」

「あー！」

アクアスティードが抱き上げると、ルチアローズは嬉しそうに微笑む。パパが大好きなようで、きゃっきゃとはしゃいでいる。

「可愛いな」

額に優しくキスをして、安心して眠れるように背中を撫でる。

「それにしても、昼間もそうだが……夜にも泣いたらルチアも疲れてしまいそうだね」

「うー」

可愛いお姫様二人ともが大変そうで、自分にももっと何かができればとアクアスティードは思う。

けれど父親というものは無力で、母親に敵《かな》わないことは多々ある。

おむつや着替《きが》え、お風呂《ふろ》などはアクアスティードにもできるが、やはり一緒にいる時間はティアラローズの方が長い。

ルチアローズの些細《ささい》な変化も、ティアラローズならすぐにわかる。

「まだまだ勉強が足りない……かな？」

次第《しだい》にうとうとしてきたルチアローズを見て、アクアスティードは花のゆりかごに再び寝かせてあげる。

「……可愛いな」

しばらくルチアローズの寝顔を堪能《たんのう》して、ベッドへ戻った。


「ふえええぇぇぇんっ」

「ルチアローズ様、どうされましたかー！」

花のゆりかごから泣き声が聞こえて、フィリーネが慌てて駆け寄る。すぐに抱っこして、その原因をさぐる。

「おむつ……ではないですね。お腹が空いたのでしょうか？」

うぅ～んわからないと、フィリーネは首を傾げる。

「きっとお腹が空いたのよ。さっきはあまり飲まなかったから」

「そうでしたか」

ティアラローズがソファに座り、フィリーネからルチアローズを受け取る。今は母乳で育てているので、お腹を満たすのはティアラローズにしかできない。

フィリーネはカーテンを閉め、扉の外で護衛しているタルモに許可なく開けないようにと念のために伝えておく。

「ご飯ですよ、ルチア」

「あー」

優しく頭を撫でながら、ティアラローズは母乳を与える。ルチアローズが嬉しそうに飲んでくれるので、やっぱりお腹が空いていたみたいだ。

フィリーネも隣に来て、クッションなどでティアラローズに負担がかからないようにしてくれる。

「ありがとう、フィリーネ」

「いいえ。でも、可愛いですね、ルチアローズ様」

「ええ。でも、わたくしがなれていないせいで泣かせてしまうことも多くて……」

もう少しスムーズに育児ができれば……と、ティアラローズは思う。

「そんなことありませんわ。ティアラローズ様が愛情いっぱいで育てていることは、知っていますもの。もちろん、アクアスティード陛下も」

「フィリーネ……。そう言ってもらえると、嬉しいわ」

きっと自分一人では、くたくたになって倒れてしまったかもしれない。周りの人がいつも支えてくれて、自分は恵《めぐ》まれているなと思う。

「……実は昨夜、ルチアが夜中に泣いていたときに起きられなくて」

「日中もつきっきりですから、夜はどうしても疲れてしまいますものね。大丈夫でしたか？」

「ええ。アクア様が気付いてくださったから」

アクアスティードが積極的にルチアローズの育児をしてくれることは嬉しいのだが、昼間は普通《ふつう》に仕事をしているのだ。夜中まで負担をかけたくない……と、ティアラローズは思っている。

——それなのにわたくしがぐーすか寝てしまっていたなんて！

大失態だと、項垂れる。

しょんぼりするティアラローズを見て、フィリーネはなんて声をかけるべきだろうかと悩む。

自分に同じことがあったら、きっとティアラローズと同じように悩んでしまうだろう。

「……ですが、アクアスティード陛下もルチアローズ様のことが大好きですから。そして、それ以上にティアラローズ様のことも。ですから、疲れているときは上手に甘《あま》えるのもいいと思います。もちろん、わたくしにも甘えてくださいませ」

ルチアローズを愛しているのは、ティアラローズたちだけではないのだからと。そんなフィリーネの言葉を聞いて、少しだけ心が軽くなったような気がした。

「そうね。ありがとう、もう少し甘えられるように頑張ってみるわ」

「はい！　……あ、もうお腹がいっぱいのようですね」

見ると、ルチアローズが満足そうな顔をしていた。

とんとんと優しく背中を撫でて、げっぷをさせる。

「フィリーネ、ゆりかごに寝かせてもらえる？」

「はい」

ルチアローズをフィリーネに託《たく》して、ティアラローズはドレスを直す。しかし一人で綺麗に着るのは難しいので、途中《とちゅう》からフィリーネに手伝ってもらう。

これでやっと一息ついたと、凝《こ》り固《かた》まった肩をぐるぐる回し――というところで、ルチアローズが泣きだしてしまった。

「あらあらあら、ルチアローズ様どうしましたか～？」

フィリーネがすぐにあやそうとすると、『きちゃった～』と言って森、海、空の妖精たちがやってきた。

花のゆりかごの周りに集まって、ルチアローズのことを見つめている。

『泣いてるよ！』

『大変じゃない！』

『風よー！』

森の妖精と海の妖精が慌てているなか、空の妖精は冷静だった。風の力を使って珊瑚のベッドメリーをくるくる回転させてくれた。

「きゃうー」

シャラシャラ音を立てて回るベッドメリーを見て、ルチアローズはすぐに泣き止む。嬉しそうにじっとベッドメリーを見つめている。

『ふふん、これが空の妖精の力！』

『すごい……！』

『やるわね！』

今度は森の妖精が子守り歌をうたって、ルチアローズのことをあやし始めた。それを聞き、海の妖精も一緒にうたっている。

どうやら妖精たちは、育児を手伝ってくれているようだ。

「すごいですね、妖精たちまでお手伝いしてくれるなんて」

「ええ、本当に。お礼にお菓子《かし》を用意しておかなくてはね」

「それはいいですね。ティアラローズ様のお菓子が大好きですから、きっと喜んでくれますわ」

ティアラローズの提案に、フィリーネが頷いて準備をしてくれる。

「なんじゃ、賑やかじゃの」

「妖精たちがルチアローズが可愛いって騒ぐから、来てみたよ」

転移で部屋の中に現れたのは、パールとクレイルの二人だ。どうやらルチアローズのことが気になって、遊びに来てくれたらしい。

すぐにフィリーネが礼をして、紅茶の準備をしてくれる。

「いらっしゃいませ、パール様、クレイル様。妖精たちが、ルチアの子守りをしてくれているんです」

「空の妖精たちは優秀だから、子守りも上手《うま》くやりそうだ」

クレイルの言葉に、ティアラローズはその通りでしたと頷く。

「ベッドメリーを回して、泣き止ませてくださいました」

そして今は妖精たちで子守り歌の大合唱中だ。

自分が自分がと、妖精たちは頑張ってうたい、ルチアローズをあやしてくれている。

すると突然、森の妖精の内の一人が、『じゃじゃ～ん！』とどこからともなくラッパを取り出した。妖精サイズの、ミニチュアだ。

どこからあんなものを⁉　と、その場にいる全員が驚いた。

『わ、何それ！　カッコイイ！』

『知ってるそれ、人間が使うガッキでしょ？』

『いつの間にそんなものを……』

抜け駆けだー！　と、海と空の妖精が羨《うらや》ましそうにラッパを見る。

ラッパを持った森の妖精は得意げな顔で、プップー！　と吹いてみせた。小さなラッパとは思えないほど大きな音で、部屋の空気が震《ふる》える。

しかしとても美しい音色で、聞いているとリラックスできる。

「なかなか上手いの」

「そうだね、これならルチアローズも――」

パールとクレイルの二人が褒めた瞬間、「ふええぇぇぇんっ」とルチアローズが泣き始めてしまった。

「なんじゃ⁉」

突然のことでパールが慌て、花のゆりかごのルチアローズを見る。

「……特に変わったことや危険はなさそうじゃが」

「たぶん、ラッパの音に驚いて泣いたんだろう」

「大きな音が苦手、ということか？　ふむ……赤子はなかなか難儀《なんぎ》じゃの」

クレイルがルチアローズを抱き上げて、「大丈夫だ」とあやしてくれた。すると、ルチアローズはすぐに泣き止んだ。

「おぬし、あやすのが上手いの」

「たんにラッパの音に驚いただけだよ。ほら、パールも抱いてみるといい」

「わっ⁉」

クレイルからルチアローズを渡《わた》されてしまい、パールは戸惑《とまど》う。いったいこのか弱い幼子を、どのように抱けばいいのか——と。

その様子を見て、ティアラローズは声をかける。

「パール様、こちらにお座りくださいませ」

「ティアラ！　んむ、そうするかの」

すぐにクレイルがエスコートをして、パールをソファまで連れていく。

ゆっくり慎重《しんちょう》に座ると、パールはほっと息をついた。どうやらかなり緊張《きんちょう》していたみたいだ。

「ふふ」

パールは腕の中にいるルチアローズを見て、頬を緩《ゆる》める。

「可愛いのう」

「あうー？」

ルチアローズは一生懸命手を伸ばし、はしゃいでいるようだ。

パールの綺麗なプラチナの髪と、色鮮《あざ》やかな着物と花の髪飾《かみかざ》りが目を引いたのかもしれない。

「なんじゃ、これが気に入ったのか？」

「うー！」

肯定《こうてい》ともとれるような声をあげたルチアローズに、パールは「ふむ……」と考える。

「まあ、わらわが祝福を贈る姫であるし……いいじゃろう」

「パール様？」

隣で見ていたティアラローズは、いったい何をするつもりだろうと首を傾げる。

「こやつも女子ということじゃな」

パールがルチアローズの髪に触れると、ぽんとルチアローズの頭に可愛らしいレースのヘッドドレスが現れた。

白色で、左右にはリボンと小花が付いた可愛らしいものだ。

「わ、可愛い！」

「そうじゃろう！　おぬしの子どもなのだから、大抵《たいてい》のものは着こなすじゃろうて。もう少し成長したら、珊瑚のアクセサリーを贈ってやろう」

なんとも大盤振舞《おおばんぶるま》いだ。

ティアラローズはくすりと笑って、パールにお礼を述べる。

「パール様に可愛がってもらえて、ルチアは幸せですね。ありがとうございます」

「これくらい構わぬ」

ルチアローズを撫でるパールは、本当に嬉しそうだ。

「いつでも会いに来てくださいませ」

「そうじゃな。気が向いたら、クレイルと来るとしよう」

「ええ、ぜひ」

ティアラローズが頷くと、『ぼくたちも～』と妖精たちが集まってきた。

パールがあやしていたので、遠慮《えんりょ》して遠くから様子を眺《なが》めていたらしい。なんとも健気《けなげ》な一面を知ってしまったと、ティアラローズは笑う。

「ありがとう、妖精たち。さっきの子守り歌もとても嬉しかったから、またうたってくれる？」

『もちろん！』

『おまかせよ！』

『完璧《かんぺき》にこなしてみせるよ！』

全員が頷くと、フィリーネが「お菓子を用意しましたよ」とワゴンを持ってきた。

『お菓子！』

『ティータイムね！』

『マイカップっと……』

妖精たちも各々《おのおの》テーブルに着いて、楽しいお茶会となった。

そしてティアラローズは、本当にたくさんの人に助けてもらっている……と、改めて実感するのだった。

「アクア様、ルチアが眠りました」

「うん、ありがとう」


夜、ルチアローズが眠ってからはティアラローズとアクアスティード二人きりの時間だ。

花のゆりかごで気持ちよく寝ているルチアローズから離れて、ソファで書類に目を通しているアクアスティードの横に座る。

「お仕事、忙しいですか？」

「いや、大丈夫だよ。いろいろ確認することがあるだけで、それほど大変ではないから」

アクアスティードが書類をサイドテーブルに置いて、ティアラローズに寄りかかってきた。どうやら、甘えているようだ。

ダークブルーの髪を優しく撫でて、ティアラローズは「アクア様」と嬉しそうに名前を呼ぶ。

しかしふと、アクアスティードの金色の瞳が自分のことをじっと見つめていることに気付く。

「アクア様？」

「ねえ、もう呼んでくれないの？　あのときみたいに」

意味深な言葉に、ティアラローズはいったいあのときとはいつのことだろうと混乱する。思い当たる節がない。

――いつのこと？

特別な呼び方をした記憶もないし、ここ最近はずっとルチアローズにかかりきりだった。甘い時間も少なかったし……。

ティアラローズが必死に考えていると、アクアスティードがくすくす笑いだした。

「あ、アクア様？」

「ごめん、必死に考えてるティアラが可愛くて」

どうしても抑《おさ》えきれなかったのだと、そう言う。

「名前。陣痛がきたときにも、『アクア』って呼んでくれただろう？　ルチアが生まれたから、やっとティアラが私を呼び捨てにしてくれるものかと期待していたんだけど――」

出産が終わってみれば、いつものように『アクア様』という呼び方に戻っていて、とてもがっかりしたのだとアクアスティードが教えてくれた。

「あ、あれは……その……アクア様を近くに感じられるような気がして、アクア……と」

しかしやはりいつもの習慣というものはなかなか消えないからか、ルチアローズを生んでほっとしたため普段の呼び方に戻ってしまった。

ティアラローズとしても、これからはアクアと呼ぼうと思っていたのだが……。

「ねえ、呼んで？」

アクアスティードがティアラローズの頬に触れて、その指先が唇《くちびる》へと落ちてくる。

「この可愛い口から、呼ばれたいな」

「……っ!!」

普段より色気のあるアクアスティードの声に、ティアラローズの心臓は早鐘《はやがね》のようだ。

どきどきが止まらなくて、無意識のうちに体が後ずさる。

けれどここは狭《せま》いソファの上で、逃《に》げ場《ば》なんてなくて。

「あ……」

ソファの肘《ひじ》置《お》きに背中がぶつかって、あっという間に追い詰められてしまった。

「もう逃げられないよ。……どうする？」

呼んでくれる？　――と、アクアスティードが笑みを深める。その表情からは、絶対に呼ばせてみせるという思いが見てとれる。

もちろん、ティアラローズだって名前を呼ぶのが嫌《いや》なわけではない。

ただこう、シチュエーションを考えるとひどく恥ずかしくて。

――どうしてこんなに色気がだだもれなのかしら……!!

いつまで経っても、アクアスティードの格好よさにときめいてしまう。でもそれは、これから先もずっと一緒だろうけれど。

「……何を考えてるの？　ティアラ」

黙っていたら、アクアスティードとの距離《きょり》が一気に詰められてしまっていた。耳元に唇を当てられ、低い声で囁《ささや》かれてしまう。

とたん、ぞくっとしたものがティアラローズの背筋を走る。

ちゅっと耳元にキスをされて、そのまま「ほら」と甘い声で催促《さいそく》されて。

「早く呼んでくれないと、このまま食べてしまうよ？」

そう言ったアクアスティードに、耳をぱくりと食べられてしまう。

「～～～っ！」

「ティアラは美味しいね」

楽しそうに笑うその姿は、まるで肉食獣のようだ。ティアラローズなんて、このままぺろりといただかれてしまってもおかしくはない。

アクアスティードの唇が、耳、こめかみ、額、頬と、どんどん場所を変えていく。

「あ……っ」

――このままだと、全部食べられちゃうっ！

すぐそこにはルチアローズだっているのにと思い、ティアラローズは腕を伸ばしてアクアスティードにぎゅっと抱きつく。

「アクア……っ！」

「……ティアラ、やっと呼んでくれた」

すると、嬉しそうな声に名前を呼ばれる。

幸せいっぱいのアクアスティードの笑顔を見て、もっと早く呼んであげればよかったとティアラローズは少しばかり後悔《こうかい》する。

——これからは、ちゃんとアクアって呼ぼう。

「ねえ、顔……見せて？」

「……絶対に赤いので、もう少し待ってくださいませ」

今はアクアスティードに抱きついているので、互《たが》いの顔は見えない。けれどその分、心臓の音が聞こえてしまいそうで少し怖い。

だって、ティアラローズの鼓動《こどう》はとても速くて。とてもじゃないけれど、聞かせるのは恥ずかしい。

「可愛いティアラの顔、見たいんだけどな？」

おねだりするようなアクアスティードの声に、ティアラローズはうっと言葉に詰まる。

いつも甘やかしてもらっている分、できるだけ要望には応えたい。

どうしようか迷っていると、「仕方ないね」とアクアスティードが体を後ろに引いた。

「きゃっ！」

そのままソファに倒れ込みそうになって、ティアラローズはバランスを崩してしまう。すると、簡単にアクアスティードに捕《つか》まってしまった。

「やっとティアラの可愛い顔が見えた」

「あ……」

くすくす笑いながら告げるアクアスティードは、ティアラローズがソファに押し倒したような体勢になってしまっていて……先ほどよりも、頬が熱を持つ。

ティアラローズのハニーピンクの髪がアクアスティードの顔にかかり、どこかくすぐったそうにしている。

「急に危ないです、アクアさ――あ、ええと、アクア」

「ごめんね。どうしてもティアラの顔が見たかったから。可愛い」

「もう、そんなに……恥ずかしいです」

いつも可愛いと言われるけれど、今日はいつも以上に言われているような気がする。

「最近のティアラは母親の顔をしていたからね。もちろんそれも可愛いんだけど、こうして私を見てくれるティアラも可愛いから」

つまり結局はどちらも可愛いのだけれどと、アクアスティードが笑う。

ティアラローズとしては、囁かれる言葉すべてにどきどきしてしまうというのに。そんなにたくさん言われたら、体が持たなくなってしまう。

「母親の顔、ですか？」

「そう。ルチアを見ているときのティアラは、守らなきゃって覚悟をしているように感じるかな。でも、慈愛に満ちていて……聖母みたいだ」

「さすがにそれは大袈裟《おおげさ》です、アクア」

確かにルチアのことは守りたいと思っているが、聖母は言い過ぎでは……と、ティアラローズは苦笑する。

ただ、アクアスティードにそう思ってもらえることはとても嬉しいけれど。

「アクアも、父親の顔をしていますよ？」

「そう？」

「はい。ルチアを見る眼差《まなざ》しが、とても優しいですから」

自分に向けるものとは違《ちが》う、穏やかで、それでいて慈《いつく》しむような目をしているとティアラローズは思う。

「ちゃんと父親ができているなら、ほっとするよ。どうにも、これでいいのかと心配になるからね」

「そうですか？　アクアはとても立派な父親だと思いますよ」

むしろ、自分がちゃんと母親ができているのか不安に思うことだってある。

そう考えると、互いに同じようなことを気にしていたのだということがわかる。

「なら、一緒に成長していけばいいね。私と、ティアラと、もちろんルチアも」

「そうですね。アクアとなら、なんでもできると思います」

　頑張りますとティアラローズが微笑むと、アクアスティードの手がのびてきた。両頬を挟《はさ》まれて、そのまま引き寄せられてしまう。

「あ……アクア」

「……ティアラ」

　目が合って、互いに名前を呼んで、自然と唇が重なり合う。

「ん……」

　優しくついばむようなキスを何度か繰り返すと、アクアスティードが器用に自分とティアラローズの位置を入《い》れ替《か》える。

　ソファに押し倒されるかたちになると、優しかったキスが深くなる。

「ん、ん……っ」

　アクアスティードの舌が絡《から》められ、無意識のうちに体が跳《は》ねてしまう。ぎゅっと背中にしがみつくと、キスの合間に「可愛い」と甘い言葉が吐息《といき》交じりに囁かれる。

　上手く呼吸ができなくなって口を開くと、絡み合った舌が糸を引く。

　けれど、やっと自分の名前を呼んでもらえたことが嬉しかったからか……アクアスティードの口づけは止まらなくて。

「ふぁっ、……ん」

「ん、ティアラ……」

もっと、もっとと求められる。

次第にティアラローズは息が上がり、くたりとソファに沈《しず》み込《こ》んでしまう。

「は、はぁっ……」

「最近あんまりゆっくりできなかったから、つい」

ほしくなってしまったと、アクアスティードが正直に告げる。

「がっつきたいわけじゃなかったんだけど……ごめんね？」

全然悪びれることなく謝《あやま》ってくるアクアスティードに、ティアラローズは逆に愛おしさが込み上げてくる。

——わたくしだって、アクアとのキスは……好きだもの。

だから別に、謝る必要なんてまったくなくて。

むしろ、もっと求められたら嬉しいとすら思ってしまうのに。

「アクア……その」

「ん？」

ティアラローズはアクアスティードの服の袖《そで》を摑《つか》んで、じっと上目遣《うわめづか》いで見つめてみる。

これで思いが伝わったらいいな……と。

「…………」

とても可愛いティアラローズを見て、アクアスティードは内心でまいったなと苦笑する。

こんなの、止まれと言われても無理だ。

もう一度キスをしようとして顔を近づけると、ティアラローズもゆっくり瞳を閉じる。

もう少し、二人の時間を――そう、思ったのに。

「ふえええぇぇっ」

「――っ！」

ルチアローズの泣き声が部屋に響いて、ぱっと目を見開く。ちょうど唇が触れる寸前だったため、とても気恥ずかしい。

「見てくるよ」

「……はい」

ちゅっと額にキスをして、アクアスティードが花のゆりかごの下へ行く。

「どうしたんだ、ルチア？　寂しかった？」

ルチアローズを優しく抱き上げて、アクアスティードがあやしながらソファへと連れてくる。すると、とたんに笑顔を見せて「あー」とご機嫌な声を出した。

「パパに抱っこされて嬉しかったのね、ルチア」

「うー！」

「それは光栄だ」

二人でくすりと笑い、ソファに座る。

ルチアローズを抱くアクアスティードの肩に寄りかかり、ティアラローズは優しい声で子守り歌をうたう。

「花のゆりかごを揺らして、いい子いい子にお眠りなさい♪」

すると、アクアスティードも一緒にうたってくれた。

「森の妖精が葉の布団《ふとん》をかけ、海の妖精は珊瑚の楽器で子守りの音色を、空の妖精は安心できる夜の時間の訪《おとず》れを♪」

落ち着いたテノールボイスは、一緒にうたっているティアラローズまで眠くさせる。

こんな素敵な子守り歌で眠れるなんて、きっとルチアローズは世界一幸せだ。

そのまましばらく寄り添って、家族三人の時間を過ごした。

第五章

お伽噺の精霊たち

「いってらっしゃいませ、アクア」

「ああ、いってくる」

朝の支度《したく》が終わると、ティアラローズはルチアローズを抱《だ》いて執務室に行くアクアスティードを見送るのが日課になっている。

いつも後ろに控《ひか》えて見守っているのがフィリーネなのだが、今日はにやにやしてしまう顔を必死に抑《おさ》えていた。


ティアラローズがソファへ座《すわ》ったのを見て、さっそくフィリーネは声をかける。

「ティアラローズ様、いつの間にアクアスティード陛下《へいか》を呼び捨てにされるようになったのですか？」

昨日の夜、何があったのですか？　と、フィリーネは聞いてみる。すると、ティアラローズの顔が赤くなった。

「その……いつも様を付けずに呼ぼうとはしていたのよ。でも、どうしても恥《は》ずかしさがあって、呼べずにいたのだけれど……」

陣痛《じんつう》のときにアクアと呼んだことと、改めて呼んでほしいと言われたこともあり、昨日から頑張《がんば》って呼び始めたのだとティアラローズが教えてくれた。

「その、近しい人しかいない場所でよ。公衆の面前では、以前と同じようにアクア様、アクアスティード陛下とお呼びするもの」

照れながら話すティアラローズが可愛《かわい》らしくて、ルチアローズが大きくなったらいつかこのエピソードを教えてあげたいとフィリーネは思った。

ルチアローズが生まれて三ヶ月ほどが経《た》ち、ようやく首が座ってきた。

「抱っこがだいぶ楽になりましたね、ティアラローズ様」

「ええ。最近は、わたくしの指をぎゅって握《にぎ》ってくれるのよ」

「わたくしの指も握ってほしいです……！」

フィリーネがルチアローズを抱っこしながら、その小さな手を指でくすぐっている。どうやら、ぎゅっとしてほしくてたまらないようだ。

「ルチアローズ様、フィリーネですよ〜」

「うー！」

名前を呼ぶと反応し、フィリーネの指をぎゅっと握る。その姿が可愛くて、フィリーネは頬《ほお》が緩《ゆる》みっぱなしだ。

「握ってくださいました、ティアラ様！」

「可愛いでしょう？」

「とても!!」

ルチアローズはフィリーネとエリオットにもらったよだれかけをしていて、もう少ししたらオリヴィアからもらったガラガラで遊ぶこともできるようになるだろう。

今は花のゆりかごの側《そば》に置いてあり、ティアラローズたちが振《ふ》ってあやしている。

それから、シュナウスから届けられた大量のぬいぐるみも部屋のいたるところにある。

たまにルチアローズが動かして、遊んでいる。

フィリーネがルチアローズをあやしていると、部屋にノックの音が響《ひび》いた。

「ああ、きっとダレルだわ。ルチアを預かるから、対応してくれる？」

「もちろんです」

ティアラローズはルチアローズを抱いて、これからの予定を思い出す。

今日は、ダレルによるルチアローズの定期検診《けんしん》。

数日間隔《かんかく》で、普通《ふつう》の医師では見られない魔力《まりょく》の状態を診《み》てくれているのだ。

「これからダレルお兄様が来ますからね、ルチア」

「あうー！」

ルチアローズも優《やさ》しいダレルのことが大好きなようで、嬉《うれ》しそうにしている。検診でぐずることがないので、とても助かっている。

「ティアラお姉様！」

「ダレル、来てくれてありがとう。ルチアもダレルが来るのを待っていたのよ」

「わあ、嬉しいです」

ダレルはすぐルチアローズの下へやってきて、優しく頭を撫《な》でている。ルチアローズも嬉しそうだ。

すぐ後に、アクアスティードも顔を出した。

「ちょうど一段落ついたから、私も同席するよ」

「ありがとうございます、アクア」

自分一人でも問題はないが、やはりアクアスティードがいると心強い。

ルチアローズを花のゆりかごに寝《ね》かし、ダレルが魔力の状態などを治癒魔法《ちゆまほう》で診る。守りの指輪はあれど、ルチアローズの魔力は日々成長していた。いつか魔力の制御《せいぎょ》ができなくなるかもしれないので、心配だ。

ただ……ダレルは魔力の成長を止めたり、赤ちゃんのルチアローズにコントロールの仕方を教えたりということはできない。

そのためこうして、できるかぎりこまめに検診をしてくれている。

「……やっぱり、ちょっとずつですが魔力は増えているみたいですね」

両手をルチアローズの上にかざして、ゆっくり体内の魔力の動きを追う。

生まれたときに診たよりも、数日前に診たときよりも、少しずつだけれど確実に大きくなっている。

今はパールの祝福もあって魔力制御は問題ないが、このままずっと増えていったらダレルにもどうなってしまうかはわからない。

「魔力が多いのは優秀《ゆうしゅう》でいいかもしれないが、多すぎるというのも負担がかかるな……」

「そうですね……。特にわたくしは魔力も多くないので、ルチアに扱《あつか》いを教える……ということも難しそうです」

お菓子《かし》に魔力を注ぐという、一風変わった使い方なら教えられるけれど。とはいえ、普通の人はそんなことをしようとはあまり思わない。

「そこは私がサポートするよ。魔力の扱いなら、ある程度はわかると思うから」

「ありがとうございます、アクア」

とりあえず、こまめに魔力の状態を診て、ある程度の年齢《ねんれい》になったら早めに魔力の扱い方を教えられるよう態勢を整えることにする。

今日の診断《しんだん》も問題なく終わり、ティアラローズはほっとした。

「あ、そういえば……。ダレル、ルチアの火の魔力が強いのは、サラマンダー様のお力みたいなの」

ティアラローズがそう言うと、ダレルが驚《おどろ》いた。

「サラマンダー様の？」

「ええ」

このないだサラヴィアとサラマンダーが来たときのことを、ダレルに話す。もしかしたら少し難しい話かもしれないが、頷《うなず》きながら真剣《しんけん》に聞いてくれた。

「なるほど……ほかの精霊に接触《せっしょく》したために、その力が大きくなってしまったということですね」

ダレルが考え込むようにうつむいてしまったため、ティアラローズは何か気になることでもあるのだろうかと心配になる。

けれどダレルの眼差《まなざ》しがとても真剣なので、邪魔《じゃま》をしないように黙って待つ。

しばらく部屋に沈黙《ちんもく》が落ち、ダレルがゆっくり顔を上げた。

その瞳《ひとみ》は、何かを決意したような……そんな色が浮《う》かんでいる。

「……今まで誰《だれ》にもお話ししたことはなかったんですが、私の師匠《ししょう》の話を聞いてくれますか？　ティアラお姉様、アクアお兄様」

「ダレルが辛《つら》くないのであれば、わたくしは聞くわ」

「ああ。でも無理はしなくていい」

ティアラローズとアクアスティードが優しく頷くと、ダレルは安心したように微笑《ほほえ》んで、ぽつりぽつりと……泡《あわ》になって消えてしまったという師匠のことを話しだした。

「師匠、ご飯ができましたよ」

「ん～」

森の奥深《おくぶか》く、泉のほとりにある小さなお家《うち》。

大きな木々の葉に遮《さえぎ》られて、ほんの時折差《さ》し込《こ》む光が泉の水面に反射する。うっそうとした森と言ったら言葉が悪いが、自然の中にいると表現すれば多少はいいだろうか。

街へ行くには片道で二日かかる。だから行くのは、調味料など必要なものが足りなくなったときだけ。

そんな場所に、ダレルは師匠と二人で暮らしていた。

人と極力関わりを持とうとしない、ダレルの師匠。

透《す》き通《とお》るような青い髪《かみ》は腰《こし》のあたりまで伸び、無造作に結ばれている。前髪も長くあまり瞳は見えないけれど、透明《とうめい》な水のような色。

ひょろりとした体型で、普段《ふだん》は無口でいることが多い。

師匠はいつも魔法の研究に没頭《ぼっとう》していて、本を読むこともあるけれど、何かを書いていることの方が多かった。

適当に相槌《あいづち》を打つ師匠に困りながらも、ダレルは用意した食事を運ぶ。

食事の席に来られないなら、物書きをしている机で食べてくれればそれでいい。食べないとお腹《なか》が空《す》いて、元気が出なくなってしまうから。

ダレルは一人で食事を終え、師匠の作業が落ち着くのを待つ。それが普段《ふだん》の、二人の光景だった。

「ああー、ダレル。ごめんねーえ、夢中になるとどうにも時間を忘れてしまう」

師匠はダレルをぎゅーっと抱きしめ、一人で食事をしたことを褒《ほ》めてくれる。いい子だと頭を撫でて、「お風呂《ふろ》にしよう」と微笑んだ。

長い髪を後ろで結び、裾《すそ》の長いローブを身に纏《まと》っている師匠。自身のことにはあまり頓《とん》着《ちゃく》せず、好きなことといったら魔法の類《たぐ》いだけ。

けれどダレルは、そんな師匠のことが大好きだ。


お風呂は、家の裏手にある。

木を繋《つな》ぎ合《あ》わせた大きめの浴槽《よくそう》の前に立ち、師匠が手をかざす。すると、一瞬《いっしゅん》でお湯が溢《あふ》れかえってお風呂が沸《わ》く。

「さあダレル、入ろうか」

「はい」

誰がいるわけでもない深い森の中なので、その場でぽいぽいっと服を脱《ぬ》ぐ。

広い浴槽なので、二人で入っても気兼《きが》ねなく体を伸ばすことができる。師匠は「あ〜」と声に出し、熱い湯を堪能《たんのう》する。

「気持ちいいねーえ」

「はい」

ダレルが頷くと、師匠は「そうそう」と指先でお湯の表面に何かを描《えが》き始める。

師匠の指はなんでもできて、いつもダレルを驚かせるのだ。すいすいと描かれていく線はきらきら光り、目が離《はな》せなくなる。

「今日も魔力の話をしようか」

「はいっ！」

「いーい返事だ。人間の魔力は生まれたときにその量が決まっていることがほとんどだということは教えたな？　けれど、それが増えてしまうこともある」

師匠の指は水面から離れ、宙に続きを描いていく。けれどその指は水を纏ったままで、描かれた線は立体のコップになった。

そこに魔法を使って水を溢れる寸前まで入れてみせる。

「人は魔力を入れるためのコップを持っていて、普通はそこに満タンの魔力を入れた状態で生まれてくるんだ。ダレル、お前もそうやって生まれてきた」

「はい」

ダレルが頷くと、師匠は「たとえば……」と続ける。

「もし、ダレルがほかの人から魔力を与《あた》えられたとしたら……どうなると思う？」

「えっと……僕《ぼく》のコップは溢れてしまうと思います」

「そう。すでにいっぱいのコップにもう魔力は入らない。けれど入れられてしまい、溢れてしまったら――それは、魔力の暴走だ」

師匠の作った水のコップが、破裂《はれつ》した。

それは自分が制御できる魔力を超《こ》えるということで、よほどのことがない限り上手《うま》く扱うのは不可能だろう。

「暴走したら、どうなるの？」

「そーうだなぁ、どれくらいの魔力が溢れたかにもよるけど……辺り一帯が爆発《ばくはつ》して、最悪、死ぬなぁ」

幼いダレルには死というものがよくわからなかったが、大変なことなのだということはなんとなくわかった。

「じゃあ、どうすれば爆発しないか。その方法はいくつかある。わかるか？」

質問を振られて、ダレルは考える。

もしコップに水を注いで、それが溢れてしまったらどうすればいいだろう。

「ええと、もっと大きなコップを用意する？」

「それも一つの手だーね」

そう言って、師匠は大きな水のコップを作ってみせた。

「でーも、それはなかなか難しいことなんだ。簡単なのは、溢れる前にコップから魔力を吸い取ってしまうこと」

「それなら溢れない！」

「そうそう」

とはいえ、口で言うほど簡単なことではない。

攻撃《こうげき》の指輪、守りの指輪のような魔力を吸い取ってくれるアイテムがあればいいが、誰でも手に入れられるものではないからだ。

「お前は魔法の才があるから、きっとすぐできるようになる」

「頑張ります！」

こういう風に、師匠はいろいろな話をダレルにしてくれた。

治癒は人に働きかける魔法だから、扱いがとても繊細《せんさい》だ。

知識と、努力と、それから才能が必要になる。

いつも楽しそうに師匠の話を聞くダレルには、そのすべてが備わっていた。

「ダレルなら、世界で一番の治癒魔法の使い手になれる」

そんなことを、よく師匠が言っていた。


魔法の勉強をし、師匠のお世話をし、深い深い森の中で二人で過ごしてきた。訪ねてくる人はおらず、静かに時が流れる日々。

それからしばらくして、誰も来ない家に訪問者があった。ダレルは姿を見ていないけれど、その訪問者は師匠のことを――

「ウンディーネと、そう呼びました」

「え……!?」

ダレルの言葉に、ティアラローズは大きく目を見開いた。アクアスティードも驚き、考え込むように口元に手を当てる。

「つまりダレルの師匠は、水の精霊ウンディーネだったかもしれない、ということか？」

「……本当のことかは私にもわかりませんが、こうして街で暮らすようになったからこそわかります。師匠は何か、異質で特別だったと……そう思います」

直接答えを聞くことはできないが、何者だったか想像することはできる。

自由自在に水を操《あやつ》り、魔法のことであればなんでも答えてくれた。どこか変わった、そんな師匠。

「そもそも、人間は泡になって消えたりはしないでしょう？」

「それは……そう、ね」

以前ダレルは、師匠は雨が降る日に泡になって消えたと言った。

ティアラローズは亡くなったことを比喩《ひゆ》しているのだとばかり思っていたが、文字通り消えてしまっていたのだ。

「サラマンダー様の話を聞いて、魔力の話を思い出しました。珍《めずら》しく、相性《あいしょう》のいい魔力は共鳴しその力を増すということも師匠に教えてもらって……。ルチアちゃんの中にサラマンダー様の魔力があるのなら」

本当に師匠がウンディーネだったとしたら、おそらく自分とルチアの魔力がなんらかの共鳴をしたのかもしれない――と。

精霊同士の魔力が共鳴するというのは、納得《なっとく》できる話だ。

ただ、仮にダレルの師匠がウンディーネだったとして、ダレルに力を分け与えたかどうかはわからない。

「だから、確信をもって話せることではなくて……」

「いや、十分だ。ダレルは小さなころから師匠の下にいたんだろう？　そして治癒魔法のエキスパート。師匠がウンディーネ様ならサラマンダー様と同じようにダレルに力を分け与えていた可能性はあるだろう」

そういえばティアラローズが体調を崩《くず》したのは、実家に着いてからだった。

サラマンダーの力を授《さず》かったお腹の赤ちゃんが、ダレルの持つウンディーネの力に共鳴したのが原因だったと考えると辻褄《つじつま》も合う。

アクアスティードの言葉に、ダレルは小さく頷いた。

「だから……ティアラお姉様が苦しい思いをしたのは……私のせいかもしれないと、そう思って……」

泣くのをこらえるように表情を歪《ゆが》めたダレルを見て、ティアラローズは立ち上がる。

「それは違《ちが》うわ、ダレル！」

「お姉様……」

「ダレルにウンディーネ様の力が宿っていたとしても、自分を責めることはないのよ。むしろ、その力を誇《ほこ》ってちょうだい。素敵《すてき》な師匠だったのでしょう？」

「……はい」

ティアラローズはダレルの手を優しく握って、笑顔《えがお》を向ける。

「ダレルがわたくしとルチアのことをいつも心配してくれていたのは知っているし、今もこうして気遣《きづか》ってくれているもの。ダレルの治癒魔法は、人を助ける優しい力よ」

それに、もしダレルがいない場所でお腹にいたルチアローズの魔力が増え、暴走してしまっていたら……考えるだけで、恐《おそ》ろしい。

ダレルやアカリがいる状況で、今回のことが起きたのはよかったといえる。ティアラローズの体調を診てもらい、守りと攻撃の指輪を作ることができたのだから。

「だからこれでよかったのよ、ダレル」

「ああ。決して自分を責めることはないんだ。話してくれてありがとう、ダレル」

ティアラローズとアクアスティード二人が礼を告げると、ダレルは抑えていたものが込み上げたように抱き着いてきた。

それをしっかり受け止めて、「大丈夫《だいじょうぶ》」と、何度も言葉をかける。

師匠との二人暮らしで、あまり感情というものを知らなかったダレルだが……今はどんどん心も成長していっていることに、ティアラローズは喜びを感じた。

エリオットとフィリーネの屋敷《やしき》の準備が整ったからと、ティアラローズ、アクアスティード、ルチアローズの三人は招待を受けた。

万が一のことがあってはいけないので、いつもより護衛騎士《きし》を多く連れての訪問だ。

「いらっしゃいませ、アクアスティード様、ティアラローズ様、ルチアローズ様！」

「お待ちしておりました」

屋敷に着くと、すぐにエリオットとフィリーネが迎《むか》えてくれた。

「お招きありがとう」

「ありがとうございます。今日をとても楽しみにしていたのよ」

「あうー！」

応接室に通されると、メイドが紅茶とケーキと焼き菓子を用意してくれた。いつもはフィリーネが淹《い》れてくれるので、なんだか不思議な感じだ。

――フィリーネももう、コーラルシア家の女主人だもの。

これからはティアラローズの侍女《じじょ》以外に、男爵夫人《だんしゃくふじん》としてやるべきことも増えてくるだろう。

けれど、フィリーネとエリオットならばつつがなく領地を治めてくれると、ティアラローズもアクアスティードも安心している。

ティアラローズはにこにこ微笑みながら、ずっと気になっていたことをフィリーネに聞いてみた。

「新婚《しんこん》生活はどう？」

「えっ⁉」

ティアラローズが聞くと、フィリーネ……ではなく、エリオットが顔を赤くした。予想していなかった新鮮《しんせん》な反応だが、どうやら上手くやっているらしい。

フィリーネは少し頬を染めつつも、「順調です」と恥ずかしそうな笑顔を見せた。

二人が幸せそうで、ティアラローズまで嬉しくなる。

「それにしても、エリオットは帰りが遅《おそ》いだろう？　できる限り早く帰るように言ってはいるんだが……」

仕事に集中してしまうと、どうにも時間が経ってしまっているのだとアクアスティードが苦笑《くしよう》する。

「一度手をつけると、やってしまった方がいい気がしてしまって……」

この癖《くせ》は直さなければなりませんねと、エリオットがあははと頭をかく。

「……アクアスティード陛下のお仕事ですから、忙《いそが》しいのはわかります。わたくしは、そんなエリオットをとても誇りに思います」

「フィリーネ……」

夫の仕事がどれほど大事か知っているので、フィリーネはもっと早く帰ってきてほしいだとか、会いたいとか、そういった我《わ》が儘《まま》を言ったりはしない。

もちろん、一緒《いつしよ》にいられたら嬉しいとは思うけれど。

「ただ……体を壊《こわ》さないかだけは心配になります。アクアスティード陛下も、エリオットも、無理をされることが多いですから」

「そうね」

この言葉には、ティアラローズも同意する。

「気を付ける」

「善処します……」

さすがに妻たちに体の心配をされては、二人も頷くしかない。家に帰り癒してもらうために、頑張って仕事をしようとエリオットは改めて思った。

軽い雑談の後、アクアスティードがルチアローズのことについて話を切り出した。それは魔力のことと、精霊に関することだ。

フィリーネとエリオットにも、簡単にしか話をしていなかった。

「タルモもこっちに来て一緒に聞いてくれ」

「はい」

扉《とびら》の前で待機していたタルモも椅子《いす》に座り、話を聞く体勢に入る。

ルチアローズの魔力は火の精霊であるサラマンダーの力が宿っており、精霊という存在に近づくと魔力が共鳴してしまうということ。

これは決して悪いことではない。精霊同士の魔力は力が似ているため、惹《ひ》かれ合ってしまいそのような現象が起きてしまうだけだ。

ある程度魔力のコントロールができるようになれば共鳴しても抑えられるが、そうでない場合はほかの精霊の魔力に引っ張られてしまう。

その話を聞き、部屋の中がしんと静まり返る。

「………すべての妖精《ようせい》と、クレイル様、パール様。その祝福だけでもすごいことだというのに……まさか、その身にサラマンダー様の力まで宿しているとは」

驚くしかないですと、エリオットが言う。

「けれど、それでもこうして魔力を制御しておられるのはルチアローズ様です。指輪やパール様の祝福の力はありますが……将来はきっと、アクアスティード陛下のように立派に成長されるでしょう」

少し不安に思うことはあれど、ルチアローズならば困難があってもそれを乗《の》り越《こ》えてくれるだろうとフィリーネが言う。

「もしも悪意ある精霊が近づいてくるようなことがあるとしても、私は変わらず全力でお守りするだけです」

自分にできるのは守ることだけだと、タルモが告げた。

三人の言葉にアクアスティードは頷き、これからのことを話しだす。

「ルチアが危険な目に遭《あ》わないように、こちらで先手を取る必要がある。圧倒的《あっとうてき》に足りないものは――」

「情報ですね」

「ああ」

アクアスティードの言葉にエリオットが続き、それに頷く。

精霊は、これまでお伽噺《とぎばなし》の中だけで実在しないものだと思われてきた。それゆえに情報も少なく、所在地を知るなんて夢のまた夢だろう。

「エリオット、頼《たの》めるか？」

「もちろんです。あらゆる手を使って、ルチアローズ様のために情報を集めてみせます。お任せください」

アクアスティードが頼むと、エリオットはすぐに頷いた。言われなくとも、自分から名乗り出るつもりだったようだ。

「私もサラヴィア陛下を通し、サラマンダー様に話を聞いてみるつもりだ」

「はい。情報はあればあるほどいいですからね」

エリオットが先頭に立ち、何人かの騎士を付けて情報収集部隊を編成するのがいいだろう。

せっかくの新婚だが、これからなかなかに忙しくなりそうだ。

「ティアラとフィリーネは、ルチアの様子を注意してみていてくれ。ダレルもそろそろ帰国しなければならない時期だ」

「ダレルにずっとルチアを診てもらうわけにはいきませんものね。注意したいと思います」

「わたくしも、よりいっそう気を付けたいと思います」

もしルチアに何か変化があれば、すぐ対応することができるようにしなくてはならない。幸い、今は攻撃と守りの指輪もある。そうそう魔力が溢れて暴走するようなことはないだろう。

「それからタルモ。精霊の姿を知らないから警戒《けいかい》するのは難しいが、周囲に何か違和感《いわかん》があればすぐに報告を頼む」

「もちろんです」

本当ならば、妖精王たちにも助力を得られればいいのだが——人間たちのことに、彼《かれ》らはそうそう介入《かいにゅう》しない。

知っていることであれば、アクアスティードが聞けば教えてはくれるだろう。だが、調べてくれと頼み込むとなると別問題だ。

自分の娘《むすめ》一人守れない王だと、妖精王たちに思われたくはないのだ。もし何かあれば、向こうから手を貸してくれるだろう。

アクアスティードは息をつき、「以上だ」と告げる。

「できることは少ない、な」

基本的に今まではある程度の情報、もしくは道筋の予測をすることは可能だった。けれど今回はその糸口すら、なかなか見つけることができない。

どうにももどかしいと、ここにいる全員が感じていた。

「うー？」

深刻な空気を感じ取ったからか、ルチアローズがそれを消し去るように明るい声をあげた。

「うっうー」

「ごめんなさいね、ルチア。こんな雰囲気《ふんいき》はよくないわね」

ティアラローズは持ってきていたガラガラを使って、ルチアローズをあやす。きゃっきゃと喜んで、場の空気が和《やわ》らいだ。

フィリーネも、「ばあ～」と手を使ってあやしてくれる。

「赤ちゃんの力はすごいですね。ルチアローズ様がこのままずっと笑顔でいられるよう、わたくしたちがしっかりお仕えさせていただきます」

「ありがとう、フィリーネ。とても心強いわ」


大事な話し合いが終わったところで、せっかくなのでフィリーネたちの屋敷の中を案内してもらうことにした。

屋敷は少し築年数は長いけれど、丁寧《ていねい》なリフォームが施《ほどこ》されていた。二階建ての屋敷で、フィリーネたちの部屋は二階にある。

そんなに広くはないが、王城のすぐ近くにあるのでとても重宝する。庭師が手入れをしており、薔薇《ばら》をはじめ季節の花々が美しい庭だ。

庭園の中心にある薔薇のアーチの下には小さな噴水《ふんすい》が設置されている。

これは、フィリーネとエリオットの二人が海の妖精に祝福されているからだ。海の妖精たちに対していつでも遊びに来ていいよ、という意味合いがある。

ティアラローズたちは、一階にあるゲストルームや食堂も見せてもらった。


せっかくだからと、最後に見た食堂でゆっくりお茶をいただきながら話をする。

「内装はフィリーネが選んだの？　とても温かみがあって、サンフィスト家の屋敷を思い出すわ」

フィリーネの実家は弟妹《ていまい》が多く、いつも温かさに満ちていた。この屋敷にはまだ二人しかいないけれど、きっとすぐに家族も増えるだろう。

「特に意識はしていなかったのですが、言われてみると確かにどこか実家の雰囲気に似ていますね」

「私は好きですよ、この内装」

「……っ！　あ、ありがとうございます」

全然気付かなかったと言うフィリーネに、エリオットが自然に応じた。スマートに褒められたからか、フィリーネが少し照れている。

エリオットは時々、さらりとどきっとするようなことを言ってくるのだ。

フィリーネは壁《かべ》にかかった絵を指さす。

「あれはエリオットが描いた絵なんですよ」

それは風景画で、大きな一本の木と、キャンバスの端《はし》には何か建物が見切れて描かれていた。

木漏《こも》れ日《び》の差す、美しい一枚だ。

エリオットは絵がとても上手く、趣味《しゅみ》としていろいろなものを描いている。人物画もたまに描くが、普段は風景などが多い。

——あら？　この場所って……。

よく見ると、ティアラローズはこの場所に心当たりがあった。

「ここは……わたくしがよく読書をしていた木陰《こかげ》？」

ティアラローズの問いかけに、エリオットが頷く。

「はい。ラピスラズリの学園です」

「懐《なつ》かしいわ」

学園を卒業し、もうずいぶん経った。

前世の記憶《きおく》を取《と》り戻《もど》し断罪イベントのあった場所だけれど、フィリーネとお茶をしたり、アクアスティードと出会ったり……いい思い出もたくさんある。

「素敵な絵が見られて嬉しいわ」

「いえいえ。私の絵なんて、ただの趣味ですから」

「そんなに謙遜《けんそん》するものじゃないわ」

「ありがとうございます」

いつかルチアローズの絵も描いてもらいたいなと、そんなことを考えながらしばらく懐かしい風景を眺《なが》めた。

すっかり長居をして、気付けば夕方になってしまっていた。

「本日はありがとうございました」

「また明日、王城でお会いしましょう」

エリオットとフィリーネの挨拶《あいさつ》に、ティアラローズとアクアスティードが微笑んで返す。

「こっちこそありがとう。こうしてエリオットと城の外で会うのは、なかなか新鮮だな」

「そうですね」

いつもはアクアスティードの執務室《しつむしつ》にいるので、貴族になったエリオットとこのように会うのは初めてだった。

とはいえ、二人の関係はこれまでと変わることはない。

別れの挨拶を交《か》わして、ティアラローズたちは王城へ戻った。


ティアラローズはルチアローズを自分のベッドへ寝かせ、シュナウスにもらったぬいぐるみで遊んであげる。

ルチアローズも自ら魔力で動かすことはせず、ティアラローズが手で動かしているのを見るのが楽しいようだ。

「あー!」

「ルチアのお気に入りの、ねこちゃんですよ～にゃぁ～」

ねこのぬいぐるみで「にゃー」とすると、ルチアローズが手足をばたばたさせて喜んでくれる。

小さな手で一生懸命《いっしょうけんめい》ねこのしっぽを摑《つか》もうとする姿は、とても成長を感じさせる。

「つい最近まで、物を握れなかったのに……」

成長が早すぎると、ティアラローズは思う。

——ビデオカメラがあればよかったのに。

そうすれば、ルチアローズの成長をあますことなく残しておけるのに——と。しかしこの世界に電気は存在していないので、ないものねだりをしても仕方がない。

「きゃー」

「にゃ〜」

「あー♪」

ティアラローズがねこの真似《まね》をすると、ルチアローズははしゃぐ。もっとやってほしいというように、小さな手を一生懸命ティアラローズにのばしてくる。

「可愛いですにゃ〜ルチア」

ねこのぬいぐるみでルチアローズにキスをすると、後ろからくすくすと笑い声が聞こえてきた。

「二人とも、可愛い遊びをしているね」

「アクア！　おかえりなさい」

「ただいま。サラヴィア陛下に手紙を出しておいたよ。サラマンダー様が何か知っていれば、教えてもらえるだろう」

ひとまず現時点でできることはやったと、アクアスティードは息をつく。

それから上着をソファにかけて、ティアラローズとルチアローズが遊ぶベッドまでやってきた。

アクアスティードは添《そ》い寝《ね》をするように、ルチアローズの隣《となり》に寝転《ねころ》んだ。

「お疲《つか》れ様《さま》です、アクア」

「ティアラに名前を呼んでもらえるだけで、疲れも飛んでいくね」

「もう……」

ティアラローズはねこの手を使って、よしよしとアクアスティードの頭を撫でてあげる。疲れているときは、甘《あま》やかしてあげるのがきっといい。

アクアスティードは嬉しそうに微笑んで、どうせなら本物がいいな……と、ティアラローズの膝《ひざ》に頭を載《の》せる。

「これじゃあどっちが赤ちゃんかわかりませんね」

「ティアラに甘やかしてもらえるなら、赤ちゃんでもいいよ」

「アクアったら」

大きな赤ちゃんの頭を撫でて、その額に優しくキスをする。

いつもアクアスティードがしてくれるようなスマートさはなかったかもしれないが、ティアラローズなりの甘やかしだ。

アクアスティードは満足げに微笑んで、ティアラローズの髪に指を絡《から》める。

「もっと甘やかしてもらいたくなるね」

「仕方ないですね。特別で――」

「うぅ～！　ふえぇっ」

「ああっ、ルチア！　ごめんね、ルチアを忘れていたわけじゃないのよ？」

泣き出してしまったルチアローズを抱き上げると、ティアラローズの顔が見えたからか安心したように笑顔をみせた。

「あうー！」

「よかった、すぐに泣《な》き止《や》んでくれて」

「ごめんね、ルチア。ママを横取りしてしまったね」

アクアスティードはルチアローズの頭を撫でて、そのままほっぺたにふにっと触《ふ》れた。

「もっちりしていて、ずっと触《さわ》っていたくなるような肌《はだ》ですよね。赤ちゃんはお肌がもちもちで、羨《うらや》ましいです」

「確かにもっちりしていて可愛いけど、ティアラのしっとりして綺麗《きれい》な肌も好きだよ」

ルチアローズに触れていたアクアスティードの手が、今度はティアラローズに伸びてくる。そのまま、撫でるように頬へ触れた。

「うん、好きだな」

「……ありがとうございます」

――こんなちょっとしたことでも、すごく嬉しくなってしまうわ。

アクアスティードの言葉はまるで魔法のようで、いつもティアラローズのことを幸せにしてくれる。

「ルチアのパパは格好いいねぇ」

無意識のうちにそう呟《つぶや》き、ルチアローズを寝かしつけるように体を揺《ゆ》らす。今日はエリオットの屋敷にお出かけしたので、いつもより疲れているはずだ。

ティアラローズが思っていた通り、すぐに寝息《ねいき》が聞こえてきた。

「ゆりかごで寝ましょうね」

ティアラローズはベッドから出て、ルチアローズを花のゆりかごに寝かせる。すやすやと気持ちよさそうで、今日は朝までぐっすりかもしれない。

ベッドへ戻ると、アクアスティードに腕《うで》を引かれて抱きしめられる。

「アクア？」

「ティアラがさらっと可愛いことを言うから」

「え？」

アクアスティードの言葉に、何か言っただろうかと首を傾《かし》げ——思わず独り言のように呟いてしまったことを思い出す。

「いえ、それは……その……本当にそう思っていますから。アクアは世界一格好よくて、素敵です」

だからうっかり、無意識のうちに口にしてしまっても仕方がないのだ。格好いいアクアスティードの責任だ。

「いつもの恥ずかしがるティアラも可愛いけど、私のことを口にしてくれるティアラもいいね。そそられる」

「……いくらでも言います。だってわたくし、アクアのことが大好きですもの」

そう言い切ったものの、恥ずかしさがないわけではない。

ティアラローズの耳は赤くなり、顔がほんのちょっとだけ背《そむ》けられる。しかしそんな行動は、ただただ可愛いだけだ。

今夜は寝かせてあげられそうにない。そんなことを考えながら、アクアスティードはティアラローズにキスをした。

エピローグ

森の書庫

王城の裏手にある山の頂《いただき》、そこに森の妖精《ようせい》王キースの住む城がある。妖精王の領域で、許可のない者がやすやす入れる場所ではない。

そこにやってきたのは、空の妖精王クレイルだ。


広い城の中を見回して、クレイルはキースを呼ぶ。

「どこにいるの、キース」

早く出てこいと言いながら、無遠慮《ぶえんりよ》に城の中を歩いていく。途中《とちゆう》で森の妖精に会うこともあるが、全員が『わからない～』と答えた。

どうやらキースは誰《だれ》とも会わず、引きこもっているようだ。

「まったく、どこにいるんだか。――風よ、キースの下へ私を導け」

クレイルが風に命令を下すと、一陣《いちじん》の強い風が道を示した。

てっきり玉座で体育座《すわ》りをしているか、自室で布団《ふとん》にくるまっているのかと思っていたのに……。

風の道は、城の階下へと続いていた。

螺旋《らせん》階段を下りた先、一枚の扉《とびら》が姿を見せた。

クレイルはノックする。

「キース、いるんだろう?」

しばらく待つと、扉が開いてキースが顔を出した。

「クレイルか、何の用だ?」

「ルチアローズのことだよ。結局、キースは祝福を贈《おく》らなかっただろう?」

「ああ、そのことか」

キースは一番に祝福を贈りやがってと、クレイルに悪態をつく。もし贈れと言ってきたら、なんて返してやろうか。

なんて考えてはみたが。

「祝福はするな」

「…………」

感情の揺《ゆ》らぎなく伝えられたクレイルの言葉に、キースは黙《だま》る。

「入れよ、茶ぐらいは出してやるぜ?」

「それじゃあ、お言葉に甘《あま》えて」

部屋に入ると、そこは森の書庫だった。

本の代わりに置いてあるのは草花で、葉の部分に文字が書かれている。きちんと水をやらなければ、枯《か》れて読めなくなってしまう本。

「いつ見ても不思議な光景だね、ここは」

「この国の建国より前からあるしな。もう、俺《おれ》にもどれだけの本があるかわからねーぜ」

そう言いつつも、キースはこまめに森の書庫の手入れをしている。それは、ここの本がとても貴重なものだからだ。

クレイルは本を眺《なが》めながら、「キースが覚えていたらいいんだけど」と口にする。

「何をだ？」

「精霊《せいれい》に関する本だ」

簡潔な内容に、キースは肩《かた》をすくめる。

「残念だったな」

「ないのか？」

「いや？　ちょうど探してたところだが、まだ見つかってない」

「……だから昔、あれほど整理しろと言っただろう」

クレイルは頭を抱《かか》えたくなるが、それを耐《た》えて自分も本に手をのばす。必要なのは、精霊全般《ぜんぱん》に関する本だ。

隣《となり》を見ると、キースも同じように本に手をのばしている。

どうやら茶が出てくるのは、しばらく先のようだ。

あとがき

こんにちは、ぷにです。『悪役令嬢《れいじょう》は隣国《りんごく》の王太子に溺愛《できあい》される10』ついに二桁《けた》刊行、とても嬉《うれ》しいです！　お手に取っていただき、本当にありがとうございます。

コミカライズの六巻（漫画《まんが》：ほしな先生／B's-LOG COMICS）も七月一日に発売しましたので、こちらもぜひ楽しんでください。

本編はついに赤ちゃんが生まれて、幸せいっぱいです。でも甘《あま》さも忘れませんので、無糖の紅茶と一緒《いっしょ》に楽しんでいただければと思います（笑）。

最後に、皆《みな》さまに謝辞を。

編集のY様。いつも苦労をおかけしております……。今回もありがとうございました！

成瀬《なるせ》あけの先生。幸せいっぱいのスリーショット表紙、ありがとうございます！

本書の制作に関わってくださった方、お読みいただいた読者の方、すべての方に感謝を。

それではまた、次巻でお会いできることを願って。

ぷにちゃん

番外編　世界で一番大きなケーキ

マリンフォレスト王国に生まれたお姫様《ひめさま》は、ルチアローズと名付けられました。たくさんの人から愛され、これからすくすくと成長していくことでしょう。


そんなお姫様を生んだのは、王妃《おうひ》のティアラローズ。

彼女《かのじょ》はお菓子《かし》が大好きで、食べるのはもちろんのこと、その腕前《うでまえ》もかなりもの。

妊娠中《にんしんちゅう》は甘《あま》いものを少し控《ひか》えていたのだが、それだけではなく、悪阻《つわり》によって大好きなお菓子を体が受け付けない……という事態に陥《おちい》ってしまった。

まさに、試練と言ってもいい時間だったと後にティアラローズは語ったとか。


「えっ!?　ティアラローズ様に、特大ケーキを作るんですか!?」

「はい。妊娠中はもちろんですが、今もルチアローズ様のお世話でとてもお疲《つか》れなんです。

わたくし、赤ちゃんが生まれたら世界一のケーキをお作りするとティアラローズ様にお約束していたんです！」

王城の厨房《ちゆうぼう》で、コック服に身を包んでいるのはエリオットとフィリーネの二人。

今から、ティアラローズのために世界で一番大きなケーキを作るのだとフィリーネが張り切っている。

「世界一のケーキなんて見たら、ティアラローズ様は嬉《うれ》しさで倒《たお》れてしまいそうですね」

エリオットはくすくす笑いながら、大量の材料を用意する。今日は、フィリーネの助手ポジションだ。

「まあ！　それは困ります。ティアラローズ様には、好きなだけ召《め》し上《あ》がっていただかないと」

フィリーネも笑いながら、ケーキ作りを進めていく。

実は今日のために、こっそりアランからケーキ作りの極意《ごくい》を学んでおいたのだ。出産を終えたティアラローズに、美味《おい》しいケーキを堪能《たんのう》してもらえるように――と。

作るのは、苺《いちご》をたくさん使ったショートケーキ。

スポンジは三層にし、苺をこれでもかというほど挟《はさ》む。もちろん、デコレーションも苺と生クリームをたくさん使う。

「しかし、フィリーネは手際《てぎわ》がいいですね」

「わたくしが一人で作ることはありませんが、ティアラローズ様のお手伝いをしたり、見ていることは多かったですから」

だから基本的な手順や上手《うま》いやり方は知っているのだと、フィリーネは説明する。

「確かに、ティアラローズ様とご一緒《いっしょ》するだけで上達してしまいそうですね」

「でしょう？」

エリオットの言葉に、フィリーナはティアラローズと一緒にお菓子を作ったときのことを思い出しながら頷《うなず》く。

ティアラローズはそれはそれは幸せそうにお菓子を作るので、一緒に作業しているだけでとても楽しいのだ。

しかも味は絶品で、スイーツ作りの腕前は料理人に引けを取らない。

そんなティアラローズに贈《おく》るケーキなのだから、最高の仕上がりにしなければとフィリーネは思っている。

「…………」

フィリーネが一生懸命《いっしょうけんめい》ケーキ作りを進めていると、苺を切っていたエリオットがじっと自分のことを見つめていることに気付いた。

「……どうかしましたか？　エリオット」

「フィリーネにこんな愛情たっぷりのケーキを作っていただけるティアラローズ様が、

羨《うらや》ましいと思って」

なんのためらいもなく口にされた言葉に、フィリーネの思考がフリーズする。だってまさか、そんなことを言われるなんて。

――もしやこれは、焼きもちでしょうか。

冷静を装《よそお》ってはいるが、あまり経験のないことにフィリーは内心どきどきしてしまう。

「今度、落ち着いたら私にも作ってくれませんか？」

お菓子でなくてもいいから、フィリーネの手料理が食べてみたいとエリオットが言う。

エリオットは元々平民なので、もし結婚《けっこん》するようなことがあれば、妻に手料理を作ってもらうものと思っていた。

それが、好きになった人は貴族で、ついには自分まで貴族になってしまったのだ。人生とは何があるかわからない。

「……わたくし、料理はからきしですし、お菓子もティアラローズ様のような腕前ではありませんよ？」

エリオットをがっかりさせてしまうかもしれないと、フィリーネは戸惑《とまど》う。もちろん、食べさせてあげたいという気持ちはあるのだが……。

そんなフィリーネの心を知ってか知らずか、エリオットは笑う。

「腕《うで》なんて、別に関係ありませんよ。だって私はフィリーネの作ったものが食べたいんですから」

「――！」

美味しい美味しくないというよりも、エリオットは好きな人――奥《おく》さんに作ってもらいたいようだ。

いつもアクアスティードがティアラローズに手作りのお菓子をもらっているのを見て、ずっと羨ましいと思っていたのだろう。

――ああもう。

エリオットのことを、可愛《かわい》いなと……そう思う。

「わかりました。今度、屋敷《やしき》で作りますね」

フィリーネの返事を聞くと、エリオットはぱっと瞳《ひとみ》を輝《かがや》かせる。

「本当ですか？　嬉しいです！　ああ、今から待ち遠しいですね」

「……あまり期待はしないでくださいね？」

そう言いつつも、フィリーネは家の料理人にしっかり教えてもらおうと決意した。

フィリーネとエリオットが世界一大きなケーキを作っているとき、ティアラローズはルチアローズと一緒に昼寝《ひるね》をしていた。

「んん～、アクア……そのケーキは……」

気持ちよさそうに、アクアスティードとケーキの夢を見ているようだ。そんな様子を、ベッドに腰《こし》かけてアクアスティードが眺《なが》めているとも知らずに。

「二人とも可愛くて困るな……」

気持ちよさそうに眠《ねむ》るティアラローズの髪《かみ》を撫《な》で、アクアスティードも横になる。親子三人、川の字だ。

――ティアラとルチアの寝顔《ねがお》を見ていようかと思ったが……。

横になったら眠気《ねむけ》が襲《おそ》ってきた。どうやらかなり疲れていたようだなと、改めて自覚する。

「でも、ティアラの方が私より疲れているからね……」

日中、不慣れなルチアローズの世話でいつも大変そうにしていることを知っている。それなのに、夜はアクアスティードの帰りを待っていてくれる。

「……おやすみ、ティアラ」

アクアスティードはそっとティアラローズとルチアローズの額にキスをおくり、自分も目を閉じた。

それから三時間ほど経《た》ち、ティアラローズは目を覚ました。

「ああ、すっかり寝《ね》てしまったわ」

窓からオレンジ色の夕焼けが見え、ゆっくり体を起こす。ルチアローズはまだ気持ちよさそうに眠っている。

「よかった——って、アクア!?」

ルチアローズを挟んで反対側で、アクアスティードが気持ちよさそうに寝ていた。

——起こしてくだされればよかったのに。

そう思いつつも、疲れているだろうからと寝かせておいてくれたのはわかる。

「アクアもお疲れ様です」

そっとアクアスティードとルチアローズの額にキスをおくり、ティアラローズはベッドから抜《ぬ》け出《だ》す。

ドレッサーで軽く髪を整え、寝室《しんしつ》から扉《とびら》を一枚隔《へだ》てた自室へと行く。フィリーネを呼ぼうとして——そういえば今日は休みだったことを思い出す。

エリオットも休みだとアクアスティードが言っていたので、二人でのんびり過ごしているのかもしれない。そう考えると、なんだかほっこりする。

ティアラローズも自分で紅茶を用意して、のんびり過ごそうと考える。

「それにはやっぱりお茶請《ちゃう》けが必要ね！」

クッキーがいいだろうか、それともほかの焼き菓子？　ケーキやマカロンもいいが、たまには和スイーツもありかもしれない。

迷いながら紅茶を淹《い》れていると、アクアスティードも起きて寝室からこちらにやってきた。

「……おはよう、ティアラ」

「おはようございます、アクア。まだ寝ていても大丈夫《だいじょうぶ》ですよ？」

ティーセットをテーブルに置いて、ティアラローズはアクアスティードの頬《ほお》へ手をのばす。すると、手を取られて手のひらにキスをされた。

「ん、くすぐったいです……アクア」

「ティアラが可愛いから仕方ない」

そう言って、アクアスティードは優《やさ》しく微笑《ほほえ》む。

「……もう。今、紅茶を淹れますね」

「ありがとう」

紅茶を用意しながら、ティアラローズはアクアスティードに何か食べたいものはないか尋《たず》ねる。

「ああ、お菓子……」

アクアスティードは、そういえばエリオットが今日はフィリーネと一緒にケーキを作ると言っていたことを思い出す。

その際に、ティアラローズには内緒《ないしょ》だとも言っていた。

ということは、もう少ししたらフィリーネのケーキがやってくるのかもしれない。

「特になければ、マドレーヌはどうですか？」

「いや、お菓子は止《や》めよう」

「えっ!?」

思いがけない返事に、ティアラローズは衝撃《しょうげき》を受ける。ここまではっきりアクアスティードがお菓子を拒否《きょひ》したのは、初めてだ。

特にリクエストがなければ、好きなものを……と、いつもならば言ってくれるのに。

「アクア、ええと……」

ティアラローズはどうしたらいいかわからず、おろおろしてしまう。だって、自分はお菓子が食べたいのだから。

――でも、アクアが止めようと言うなら我慢《がまん》した方がいいわよね……。

そんなティアラローズを見て、しょんぼりした猫耳《ねこみみ》と尻尾《しっぽ》が見えるようだとアクアスティードは苦笑《くしょう》する。

嬉しそうな笑顔《えがお》も、必死に我慢しようとしている顔も、どちらも可愛いなんて反則だ。

　アクアスティードがこの可愛い生き物をどうしようか考えていると、タイミングを見計らったかのようにノックの音が響《ひび》いた。

「あら、誰《だれ》かしら？」

　ティアラローズが首を傾《かし》げつつ扉まで行くと、「フィリーネです」という声。

　今日はお休みだというのに、いったいどうしたのだろう。

「フィリーネ？　どうぞ、何かあった――えっ⁉」

　扉を開けると、それはそれは大きなケーキをワゴンに載《の》せて持ってきたフィリーネとエリオットがいた。

「え、え、えっ⁉　お、おおきい……っ⁉」

　こんなの、驚《おどろ》くなという方が無理だろう。

　ティアラローズはもう目の前の大きなケーキから目が離《はな》せないようで、大混乱だ。

「サプライズ大成功、といったところかな？」

　くすくす笑いながら、アクアスティードがケーキを見る。

「はい。ティアラローズ様には、わたくしがとっておきのケーキをご用意するとお約束いたしましたから！」

「え？　あ……妊娠がわかったときに、フィリーネが約束してくれたケーキなのね。嬉しいわ、ありがとう！」

感極《かんきわ》まって、ティアラローズはフィリーネに抱《だ》きつく。

「ふふ、エリオットも手伝ってくれたんですよ」

「二人で用意してくれたのね。ありがとう、エリオット」

「いえいえ。ティアラローズ様に喜んでいただけると、私も嬉しいですから」

フィリーネとエリオットもにこにこで、「さっそく食べましょう！」とすぐにセッティングを始めてくれる。


ティアラローズのために作られた、世界一大きなケーキ。

なめらかな生クリームのショートケーキは五段になっていて、マリンフォレスト特産の苺がこれでもかというほど贅沢《ぜいたく》に使われている。

そして刻んだホワイトチョコレートが振《ふ》りかけられており、それもティアラローズのスイーツ心をくすぐってくる。


「こんなに大きなケーキ、初めて……」

フィリーネが切り分けているのを見て、ティアラローズの目はきらきらだ。ケーキの周りをくるくる回り、いろいろな角度から見ている。

「そんなに凝視《ぎょうし》しないでくださいませ、ティアラローズ様。わたくし、ティアラローズ様のようにあまり上手くないので……」

「フィリーネの手作りなの⁉　すごいわ！」

料理人に頼《たの》んだのかと思っていたティアラローズは、さらに驚いた。

普通《ふつう》サイズのケーキを作るのだって大変なのに、これだけ大きなケーキ……どれだけ大変だっただろうか。

フィリーネの気持ちが嬉しくて、思わず涙《なみだ》が出る。

「ティアラローズ様、どうぞ召し上がってくださいませ」

「ええ、いただくわね」

全員でソファへ座《すわ》り、フィリーネとエリオットが作ってくれた世界一大きなケーキを堪能する。

生クリームはなめらかで、スポンジはふわふわで、いくらでも食べられてしまいそうだとティアラローズは思う。

「ん～、美味しいわ。まさかこんなに大きなケーキを食べられるなんて、夢みたい」

もしかしたら自分はまだルチアローズとお昼寝中で、これは夢なのではないか……とすら思えてしまう。

すると、「ふえええぇ～」とルチアローズの泣き声が響いた。

「あら、起きてしまったみたい。連れてきますね」

ティアラローズは急いで隣《となり》の寝室へ行き、ルチアローズを抱き上げる。優しく背中を撫でてあやしてみるが、一向に泣《な》き止《や》む気配がない。

「おむつ……ではないし、お腹《なか》が空《す》いたのかしら？」

そう思って母乳をあげようと試みるも、どうやらそうではないらしい。仕方がないので、あやしながらみんなのところへ戻《もど》る。

「ティアラ、大丈夫？」

「少しぐずってしまっているみたいで」

アクアスティードがルチアローズを抱いて、「よしよし」とあやす。けれど、泣き止む様子はない。

フィリーネとエリオットもガラガラを持って、ルチアローズのことをあやしてくれる。

「ルチアローズ様、楽しいおもちゃですよ」

ガラガラとエリオットが音を立てるが、ルチアローズに変化はない。これは困ったと、フィリーネと顔を見合わせている。

「ルチアローズ様、大きなケーキですよ」

「あー」

フィリーネのケーキという言葉に反応したのか、ルチアローズが泣き止んだ。その大きな瞳には、世界一大きなケーキが映っている。

それを見て、全員が思わず笑う。

「そうか、ルチアはケーキが好きなのか。ティアラにそっくりだ」

「あ、アクア……！」

「別に、可愛くていいと思うよ？」

ティアラローズが恥《は》ずかしさに声をあげるも、誰もがその通りだとアクアスティードに同意する。

「ルチアローズ様も、早くケーキを食べられるくらい大きくなってくださいませ」

そうしたらまたケーキを作りますねと、フィリーネが微笑んだ。


夜、ルチアローズを寝かしつけ、ティアラローズはアクアスティードとソファでゆっくりした時間を過ごしていた。

「大きなケーキを食べたので、今日はとってもお腹が苦しいです」

「ああ、おかわりもしていたね」

「……だって、美味しかったんですもの」

しかも自分のために、フィリーネとエリオットが不慣れながらも一生懸命作ってくれたものだ。たくさん食べたいと思ってしまうのは、仕方がない。

「そういえば、ケーキの残りはどうしたの？さすがに、日持ちするものでもないだろう。」

明日くらいであればいいが、さすがにそれでも食べきれる量ではなかった。

「ああ、城の食堂で振舞《ふるま》われたそうですよ。特にメイドたちから好評だったと、フィリーネが教えてくれましたから」

「美味しかったからね」

「はい」

今度はフィリーネと一緒にお菓子を作るのもいいなと、ティアラローズは次のことを考える。

――楽しみなことがたくさん。

数年後には、ルチアローズと一緒にお菓子作りだってできるかもしれない。そうしたら、アクアスティードへプレゼントするのもいいだろう。

嬉しそうににこにこしているティアラローズを見て、アクアスティードは可愛いなと思う。

ティアラローズの肩《かた》へと寄りかかり、体を密着させてみる。

「アクア？」

ティアラローズが「どうしましたか？」と顔を覗《のぞ》き込《こ》んできたので、そのままその愛らしい唇《くちびる》に口づける。

優しく触《ふ》れて、すぐに離れて――「甘いね」と笑う。

「……アクアのキスは、いつも甘いです」

それこそ、スイーツなんて目ではないくらいに。

「光栄だと、そう思っていいのかな？」

もう一度ちゅっとキスをして、何度もついばむように口づけを繰《く》り返《かえ》す。

「ん、ん……っ」

アクアスティードの舌が優しくティアラローズのそれを絡《から》めとり、より一層甘さが増していく。

やっぱりどんな砂糖菓子よりも甘い、そう思いながらキスをした。

■ご意見、ご感想をお寄せください。
《ファンレターの宛先》
〒102-8177 東京都千代田区富士見 2-13-3
株式会社KADOKAWA ビーズログ文庫編集部
ぷにちゃん 先生・成瀬あけの 先生

ビーズログ文庫

●お問い合わせ（エンターブレイン ブランド）
https://www.kadokawa.co.jp/（「お問い合わせ」へお進みください）
※内容によっては、お答えできない場合があります。
※サポートは日本国内のみとさせていただきます。
※Japanese text only

悪《あく》役《やく》令《れい》嬢《じょう》は隣《りん》国《ごく》の王《おう》太《たい》子《し》に溺《でき》愛《あい》される 10

ぷにちゃん

2020年 7 月15日 初版発行
2020年12月25日 再版発行

発行者	青柳昌行
発行	株式会社 KADOKAWA 〒102-8177 東京都千代田区富士見 2-13-3 （ナビダイヤル）0570-060-555
デザイン	島田絵里子
印刷所	凸版印刷株式会社
製本所	凸版印刷株式会社

■本書の無断複製（コピー、スキャン、デジタル化等）並びに無断複製物の譲渡および配信は、著作権法上での例外を除き禁じられています。また、本書を代行業者等の第三者に依頼して複製する行為は、たとえ個人や家庭内での利用であっても一切認められておりません。

■本書におけるサービスのご利用、プレゼントのご応募等に関連してお客様からご提供いただいた個人情報につきましては、弊社のプライバシーポリシー（URL:https://www.kadokawa.co.jp/）の定めるところにより、取り扱わせていただきます。

ISBN978-4-04-736092-1 C0193
©Punichan 2020 Printed in Japan

定価はカバーに表示してあります。
◇◇◇

ぷにちゃん先生、最新作

ビーズログ文庫

『悪役令嬢ルートがないなんて、誰が言ったの？』

（イラスト：Laruha）

2020年8月15日発売予定!!

あらすじ

乙女ゲームの悪役令嬢に転生した
オフィーリア。
処刑エンドはごめんだと、
知る人ぞ知る裏ワザを使って
「悪役令嬢ルート」に突入!!
でもなんだか、攻略対象たちの
溺愛が本編以上にヤバイみたい……？

ぜひ、楽しみにお待ちください!!